TITO

SOLEDAD

La Mémoire Blessée

EDITIONS Glénat

A mes grands-parents,
à tous ceux qui m'ont aidé par leurs souvenirs,
à reconstituer ce fragment de mémoire...

BP 177 - 38008 Grenoble cedex

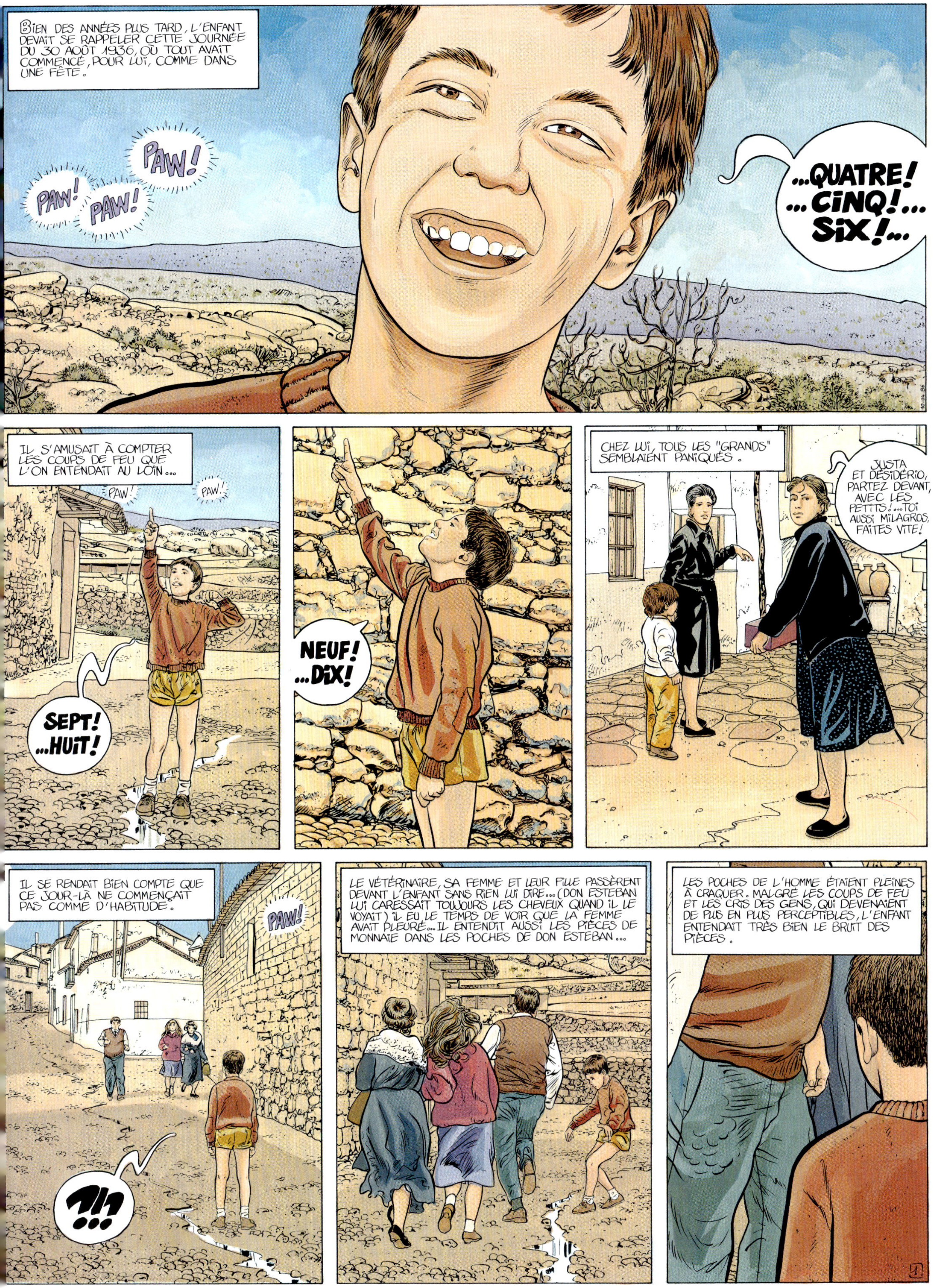
BIEN DES ANNÉES PLUS TARD, L'ENFANT DEVAIT SE RAPPELER CETTE JOURNÉE DU 30 AOÛT 1936, OÙ TOUT AVAIT COMMENCÉ, POUR LUI, COMME DANS UNE FÊTE.
PAW!
PAW!
PAW!
...QUATRE! ...CINQ!... SIX!...
IL S'AMUSAIT À COMPTER LES COUPS DE FEU QUE L'ON ENTENDAIT AU LOIN...
PAW!
PAW!
SEPT! ...HUIT!
NEUF! ...DIX!
CHEZ LUI, TOUS LES "GRANDS" SEMBLAIENT PANIQUÉS.
JUSTA ET DÉSIDÉRIO, PARTEZ DEVANT, AVEC LES PETITS!...TOI AUSSI MILAGROS, FAITES VITE!
IL SE RENDAIT BIEN COMPTE QUE CE JOUR-LÀ NE COMMENÇAIT PAS COMME D'HABITUDE.
PAW!
?!?
LE VÉTÉRINAIRE, SA FEMME ET LEUR FILLE PASSÈRENT DEVANT L'ENFANT SANS RIEN LUI DIRE...(DON ESTEBAN LUI CARESSAIT TOUJOURS LES CHEVEUX QUAND IL LE VOYAIT) IL EU LE TEMPS DE VOIR QUE LA FEMME AVAIT PLEURÉ... IL ENTENDIT AUSSI LES PIÈCES DE MONNAIE DANS LES POCHES DE DON ESTEBAN...
LES POCHES DE L'HOMME ÉTAIENT PLEINES À CRAQUER. MALGRÉ LES COUPS DE FEU ET LES CRIS DES GENS, QUI DEVENAIENT DE PLUS EN PLUS PERCEPTIBLES, L'ENFANT ENTENDAIT TRÈS BIEN LE BRUIT DES PIÈCES.

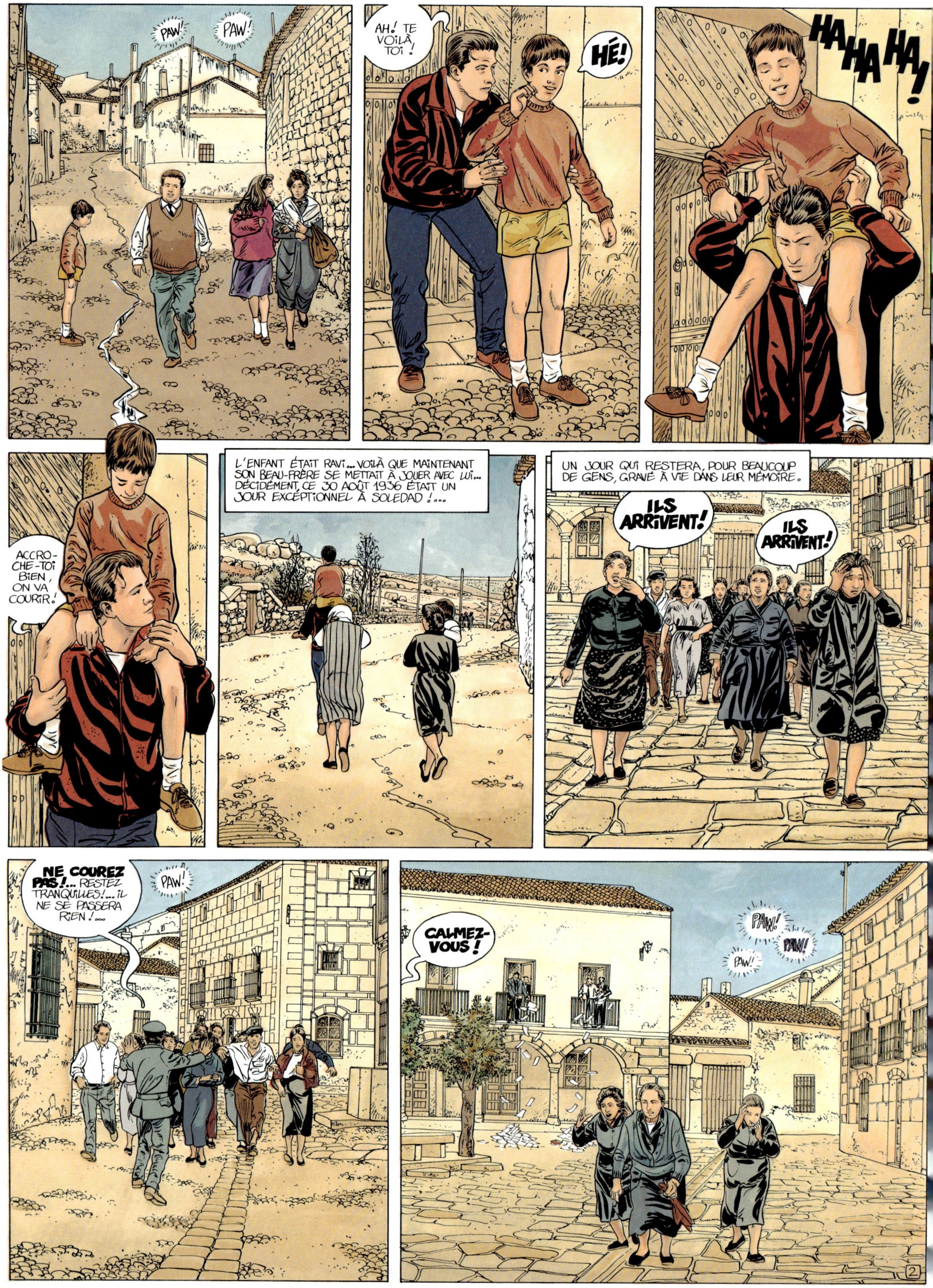
PAW!
PAW!
AH! TE VOILÀ TOI!
HÉ!
HAHAHA!
ACCRO-CHE-TOI BIEN, ON VA COURIR!
L'ENFANT ÉTAIT RAVI... VOILÀ QUE MAINTENANT SON BEAU-FRÈRE SE METTAIT À JOUER AVEC LUI... DÉCIDÉMENT, CE 30 AOÛT 1936 ÉTAIT UN JOUR EXCEPTIONNEL À SOLEDAD !...
UN JOUR QUI RESTERA, POUR BEAUCOUP DE GENS, GRAVÉ À VIE DANS LEUR MÉMOIRE.
ILS ARRIVENT!
ILS ARRIVENT!
NE COUREZ PAS!... RESTEZ TRANQUILLES!... IL NE SE PASSERA RIEN!...
PAW!
CALMEZ-VOUS!
PAW!
PAW!
PAW!

PAW! PAW!
ATTENDS MANOLO!... NE COURS PAS!
S'ILS NOUS VOIENT COURIR, ILS VONT NOUS TIRER DESSUS!
CE JOUR-LÀ, UNE DES COLONNES DE L'ARMÉE AFRICAINE * ENTRAIT DANS SOLEDAD.
PAW PAW! PAW PAW PAW!
PAW PAW PAW
* L'ARMÉE AFRICAINE - EL EJÉRCITO DE AFRICA - ÉTAIT COMPOSÉE (EN PLUS DES SOLDATS ESPAGNOLS) DE LÉGIONNAIRES ET DE SOLDATS MAROCAINS VENUS EN AIDE À L'ARMÉE NATIONALISTE.
LES MAURES! ILS VONT NOUS COUPER LA TÊTE!
DEPUIS PLUSIEURS JOURS DÉJÀ, LES RUMEURS LES PLUS FOLLES COURAIENT SUR CETTE ARMÉE AFRICAINE QUE POUR RIEN AU MONDE ON N'AURAIT VOULU VOIR ARRIVER À SOLEDAD. CERTAINS CRAIGNAIENT MÊME D'ÊTRE CUITS DANS UNE MARMITE, PUIS MANGÉS.
MON DIEU!
TOI AUSSI, TIBURCIO!
BONNE CHANCE, MANOLO!
3

PAW!
PAW!
WAF!
WAF!
WAF!
VOILÀ PÈRE QUI ARRIVE!
QU'EST-CE QUE TU FAISAIS ?... J'ÉTAIS MORTE D'INQUIÉTUDE !... CE SONT EUX, N'EST-CE PAS ?
CE SONT EUX !
VITE, ILS SONT DÉJÀ À L'ENTRÉE DU VILLAGE !... OÙ SONT LES DEUX PETITS ?
ILS SONT DÉJÀ PARTIS AVEC DESIDERIO, JUSTA ET MILAGROS !... ILS VONT ESSAYER DE FAIRE COMME NOUS AVIONS DIT !...
ÇA Y EST, J'AI CACHÉ LES JAMBONS ! ET TOI, ATTENTION !... N'ESSAIE PAS D'Y TOUCHER !... TU VIENS AVEC NOUS !
VITE, VITE ! ALLONS-NOUS-EN !
JUAN-ANTONIO, DÉPÊCHE-TOI !
J'ARRIVE... OCCUPE-TOI DES JUMEAUX !
PAW!
PAW!
PAW!
4

AU MÊME MOMENT, À QUELQUES KILOMÈTRES DE LÀ.
JE N'EN PEUX PLUS!...
MÊME D'ICI, ON ENTEND LE SIFFLEMENT DES BALLES!...
IL Y A SÛREMENT D'AUTRES SOLDATS QUI DOIVENT VENIR PAR LÀ!... JE VAIS VOIR!
MON DIEU, DÉSIDERIO, FAIS ATTENTION!... S'ILS TE VOIENT, ILS VONT TE TIRER DESSUS!
?!
AÏE!
DÉPÊCHONS-NOUS!... IL FAUT TRAVERSER LE PONT AU PLUS VITE!
5

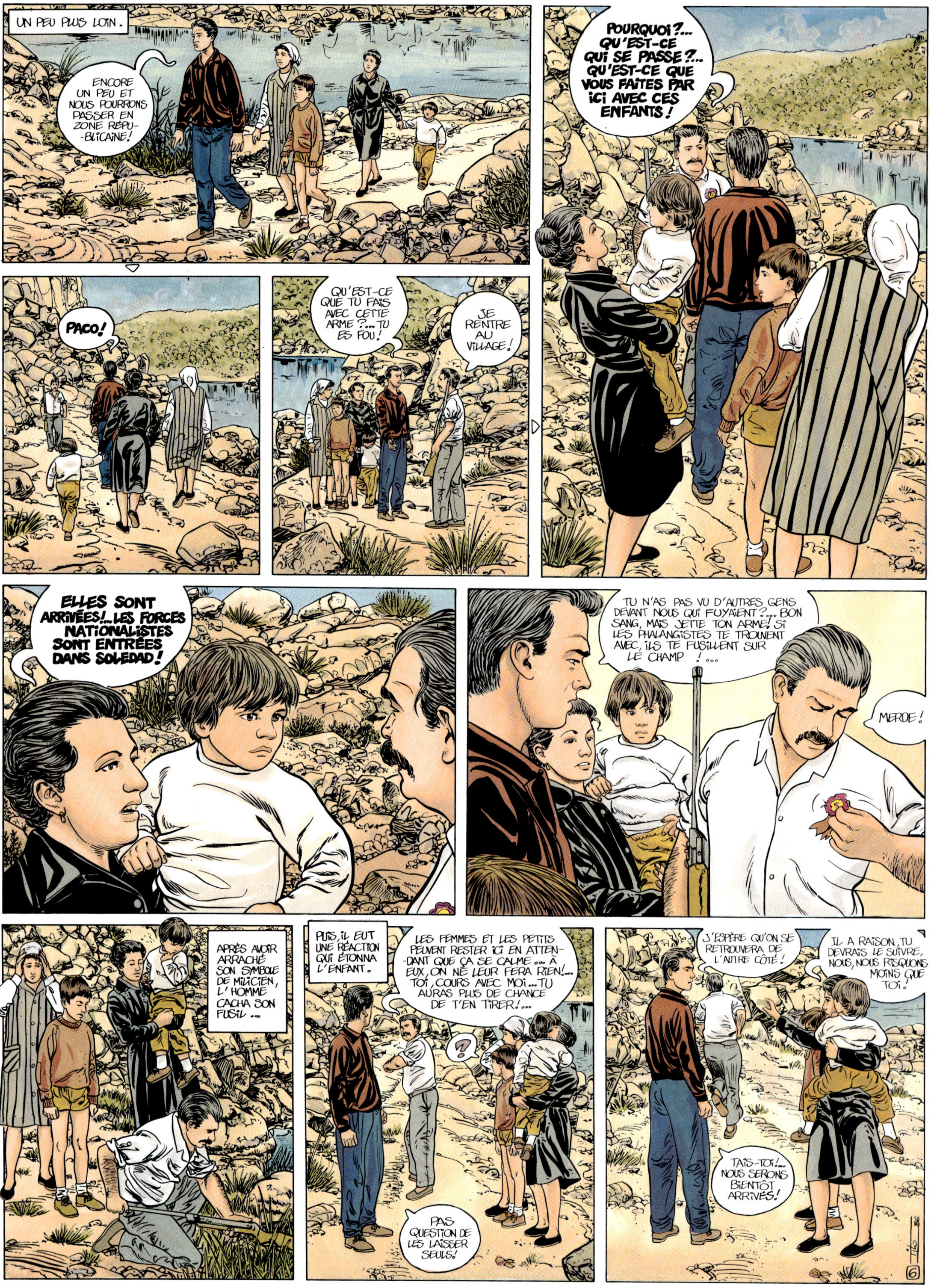

UN PEU PLUS LOIN.
ENCORE UN PEU ET NOUS POURRONS PASSER EN ZONE RÉPU-BLICAINE!
PACO!
QU'EST-CE QUE TU FAIS AVEC CETTE ARME?... TU ES FOU!
JE RENTRE AU VILLAGE!
POURQUOI?.. QU'EST-CE QUI SE PASSE?.. QU'EST-CE QUE VOUS FAITES PAR ICI AVEC CES ENFANTS!
ELLES SONT ARRIVÉES!.. LES FORCES NATIONALISTES SONT ENTRÉES DANS SOLEDAD!
TU N'AS PAS VU D'AUTRES GENS DEVANT NOUS QUI FUYAIENT?... BON SANG, MAIS JETTE TON ARME! SI LES PHALANGISTES TE TROUVENT AVEC, ILS TE FUSILLENT SUR LE CHAMP!...
MERDE!
APRÈS AVOIR ARRACHÉ SON SYMBOLE DE MILICIEN, L'HOMME CACHA SON FUSIL...
PUIS, IL EUT UNE RÉACTION QUI ÉTONNA L'ENFANT.
LES FEMMES ET LES PETITS PEUVENT RESTER ICI EN ATTEN-DANT QUE ÇA SE CALME... À EUX, ON NE LEUR FERA RIEN!... TOI, COURS AVEC MOI... TU AURAS PLUS DE CHANCE DE T'EN TIRER!...
?
PAS QUESTION DE LES LAISSER SEULS!
J'ESPÈRE QU'ON SE RETROUVERA DE L'AUTRE CÔTÉ!
IL A RAISON, TU DEVRAIS LE SUIVRE, NOUS, NOUS RISQUONS MOINS QUE TOI!
TAIS-TOI!.. NOUS SERONS BIENTÔT ARRIVÉS!
6

LE PONT N'EST PLUS TRÈS LOIN !
DÉPÊCHE-TOI !... TU TRAÎNES !
JE SUIS FATIGUÉ ! ...J'AI ENVIE QU'ON S'ARRÊTE !
TU VEUX QUE JE TE PORTE ENCORE SUR MES ÉPAULES ?
OH OUAIS, ÇA SERAIT PLUS DRÔLE !
COUCHEZ-VOUS TOUS, VITE !... VITE !
!?
C'EST FOUTU !
TA TA TA TA TA
TA TA TA TA TA

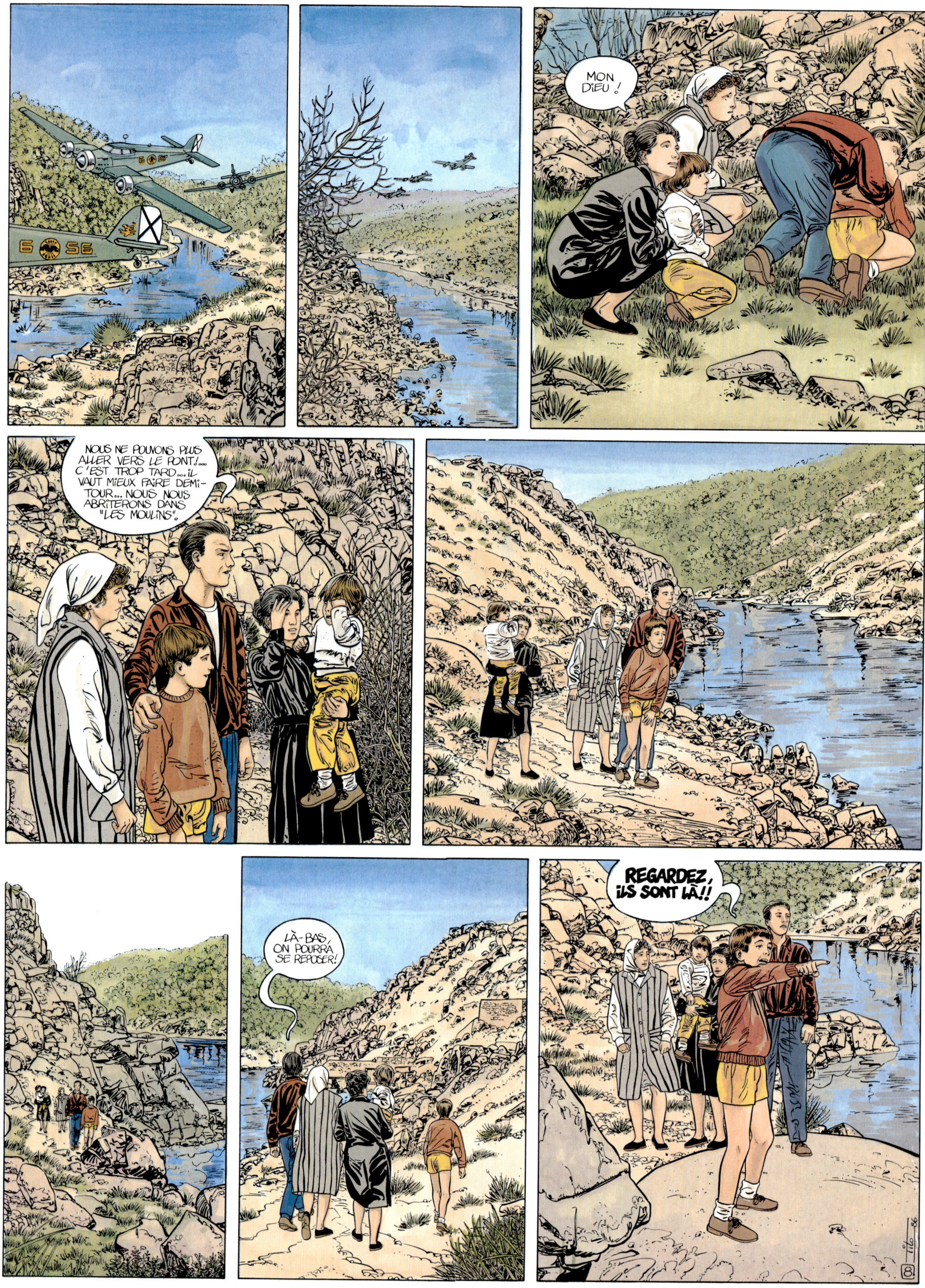
MON DIEU !
NOUS NE POUVONS PLUS ALLER VERS LE PONT!... C'EST TROP TARD... IL VAUT MIEUX FAIRE DEMI-TOUR... NOUS NOUS ABRITERONS DANS "LES MOULINS".
LÀ-BAS, ON POURRA SE REPOSER!
REGARDEZ, ILS SONT LÀ!!
8

MAMAN!
NOUS AVONS EU PEUR... TOUT À L'HEURE, DES AVIONS SONT PASSÉS, ILS SE DIRIGEAIENT VERS LE PONT... JE VOUS IMAGINAIS EN TRAIN DE LE TRAVERSER À CE MOMENT-LÀ!...
VOUS AVEZ BIEN FAIT DE NE PAS CONTINUER ET DE VENIR ICI!... QUAND TOUT SE SERA CALMÉ, VOUS RETOURNEREZ À SOLEDAD!
OÙ IL EST, LE CHIEN?... IL N'EST PAS VENU AVEC VOUS?...
SI, MAIS IL A FAIT DEMI-TOUR... CE BANDIT A DÛ SE RAPPELER DES JAMBONS QUI SONT RESTÉS À LA MAISON SANS SURVEILLANCE!
BEN, COMME ÇA, IL GARDERA LA MAISON ET PERSONNE NE POURRA ENTRER!...
OUI... PEUT-ÊTRE!
À SOLEDAD, LA TERREUR ÉTAIT À SON COMBLE...
LES SOLDATS NATIONALISTES AVAIENT COMME MOT D'ORDRE D'ARRÊTER TOUS CEUX QUI S'ÉTAIENT FAIT REMARQUER EN ÉTANT DE L'AUTRE BORD... ARRÊTER OU ÉLIMINER... MAIS LES PRINCIPAUX DIRIGEANTS RÉPUBLICAINS AVAIENT DÉJÀ QUITTÉ SOLEDAD DEPUIS LONGTEMPS... ALORS, ON PRENAIT CE QUI SE PRÉSENTAIT SOUS LA MAIN...
CE JOUR-LÀ, PABLO REVENAIT DES CHAMPS, IL AVAIT BIEN ENTENDU DES COUPS DE FEU, MAIS IL NE PENSAIT PAS QUE CELA POUVAIT AUSSI LE CONCERNER.
9

COMME IL N'AVAIT JAMAIS RIEN COMPRIS À LA POLITIQUE, IL CRUT PEUT-ÊTRE BIEN FAIRE EN SALUANT LES LÉGIONNAIRES PHALANGISTES... SANS DOUTE POUR S'ATTIRER LEUR SYMPATHIE AFIN QU'ON LE LAISSE TRANQUILLE...
SALUT CAMARADES!
?
...MAIS IL CHOISIT UN MOT QUI LUI COÛTA LA VIE.
PAW!
SALE CHIEN ROUGE!
D'AUTRES NE COMPRENAIENT PAS DAVANTAGE CE QUI LEUR ARRIVAIT, TELLE TERESA, QU'ON EMMENAIT POUR LA FAIRE FUSILLER...
...ET QUI NE COMPRENAIT PAS POURQUOI.
CES JOURS-LÀ, IL NE FALLAIT PAS TROP CHERCHER À COMPRENDRE... PARFOIS, IL SUFFISAIT QU'UN VOISIN, SE PRÉTENDANT PHALANGISTE, VOUS DÉNONCE COMME ÉTANT "ROUGE" ET VOTRE COMPTE ÉTAIT BON.
DITES... S'IL VOUS PLAIT! ...
...QUAND JE SERAI PAR TERRE, MORTE, SOYEZ GENTILS DE BIEN METTRE EN PLACE MA ROBE, QU'ELLE RECOUVRE BIEN MES GENOUX...
TERESA NE SAVAIT PAS POURQUOI ON ALLAIT LA TUER... ELLE NE LE SAURAIT JAMAIS.
PAW!
PAW!
PAW!

DES MERCENAIRES DE L'ARMÉE AFRICAINE SE CHARGEAIENT AUSSI DE PILLER DANS LES MAISONS DÉSERTÉES PAR LES RÉPUBLICAINS. SI DANS CERTAINS VILLAGES, LES AUTORITÉS NATIONALISTES NE LAISSAIENT PAS FAIRE CES ACTES DE BANDITISME, DANS D'AUTRES, COMME À SOLEDAD, ON FERMAIT LES YEUX.
COMME ON FERMAIT LES YEUX QUAND DES SOLDATS VOULAIENT SE DONNER DU PLAISIR AVEC UNE FEMME DE L'ENNEMI... C'ÉTAIT LA RANÇON DES GUERRIERS VAINQUEURS...
NON! NON!
ON N'ENTEND PLUS LES COUPS DE FEU!...
ÇA NE VEUT RIEN DIRE!
QUELQUES ANNÉES AVANT...

?
TIBURCIO... JE VOUDRAIS TE PARLER!
QU'EST-CE QUI T'ARRIVE, ANGEL?...
C'EST MA FEMME RITA!... ELLE A ÉTÉ DÉNONCÉE!
COMMENT ÇA?
LES MÉDECINS DE SOLEDAD, COMME CEUX DES VILLAGES VOISINS, N'AIMENT PAS TROP SES DONS DE GUÉRISSEUSE... ILS VEULENT ESSAYER DE LA DISSUADER... J'AI PENSÉ QUE... QUE TU POUVAIS...
BIEN SÛR... COMMENT VEUX-TU QUE JE N'ESSAIE PAS D'AIDER MON PROPRE FRÈRE!
ILS SE RENDIRENT CHEZ DON BARNABÉ, LE PHARMACIEN. CELUI-CI DEVAIT QUELQUES SERVICES À TIBURCIO, IL ÉTAIT AUSSI TRÈS INFLUENT À LA MAIRIE.
TIENS, QU'EST-CE QUI T'AMÈNE, TIBURCIO?...
MON FRÈRE VIENT DE M'APPRENDRE QU'UNE PLAINTE A ÉTÉ PORTÉE CONTRE SA FEMME... QUE PEUT-ON FAIRE POUR LES AIDER?
QU'EST-CE QUE TU VEUX QUE JE TE DISE? ...QUAND ON VEUT FAIRE DE LA SORCELLERIE...
AH OUI, D'ACCORD!...JE VOIS! ...ALORS ÉCOUTE: TU PEUX DIRE À TES AMIS, ET C'EST VALABLE POUR TOI, QUE VOUS N'AVEZ PLUS À COMPTER SUR MOI, NI POUR VOS ÉLECTIONS, NI POUR RIEN D'AUTRE!
12

IL COMMENÇAIT À ÊTRE DÉGOÛTÉ DE LA POLITIQUE... POURTANT, IL N'EN AVAIT PAS FAIT BEAUCOUP...SEULEMENT LORSQUE QUELQUES HOMMES DU VILLAGE LUI AVAIENT DEMANDÉ DE SE JOINDRE À EUX, CAR SON COMPORTEMENT LOYAL ENVERS TOUS CEUX QUI AVAIENT À FAIRE À LUI, EN FAISAIT UN HOMME RESPECTÉ.
IL S'ÉTAIT INSCRIT AU PARTI RÉPUBLICAIN, QUI ÉTAIT ASSEZ RÉCENT. QUELQUES TEMPS APRÈS, ALORS QU'ON VOTA POUR ÉLIRE UN NOUVEAU MAIRE, CE FUT UN RÉPUBLICAIN QUI L'EMPORTA. TIBURCIO, LUI, FUT NOMMÉ "JUGE DE PAIX" AVEC L'APPROBATION DE TOUT LE VILLAGE. C'ÉTAIT AU DÉBUT DES ANNÉES TRENTE.
IL CONTINUA À S'OCCUPER DE SA PETITE ENTREPRISE.
IL AVAIT DEUX EMPLOYÉS, MAIS SES ENFANTS AUSSI AIDAIENT AU NÉGOCE.
SOUVENT, LES FILLES SE CHARGEAIENT DE LIVRER DES POTERIES DANS LES VILLAGES VOISINS.
ILS ÉTAIENT TOUS HEUREUX.
13

SON TRAVAIL DE JUGE, IL LE FAISAIT CONSCIENCIEUSEMENT...
TRÈS SOUVENT, ON VENAIT LUI DEMANDER CONSEIL.
C'ÉTAIT AU TEMPS DE LA RÉFORME AGRAIRE EN ESPAGNE... IL Y AVAIT BEAUCOUP À FAIRE.
ON COMMENÇAIT À ENTENDRE DES RUMEURS POLITIQUES VENANT DES VILLES... À SOLEDAD, CEUX QUI SUIVAIENT L'ACTUALITÉ SAVAIENT QU'EN EUROPE, L'INFLATION ET LE CHÔMAGE AVAIENT ENGENDRÉ LE FASCISME. IL TRIOMPHAIT DÉJÀ EN ALLEMAGNE ET EN ITALIE.
ABC
LE TRAVAIL ÉTAIT DUR MAIS LES GENS EN AVAIENT L'HABITUDE.
MAIS SOLEDAD ÉTAIT LOIN DE TOUT CELA ET LA VIE CONTINUAIT TRANQUILLEMENT...
NOUS AVONS EU DE LA CHANCE AUJOURD'HUI!
PÈRE! PÈRE!... VENEZ VOIR!

IL NE RESTE PLUS RIEN !... NOUS AVONS TOUT VENDU !
TRÈS BIEN !
ON A MÊME DES COMMANDES POUR LA SEMAINE PROCHAINE !
LAISSE !... ON VA LE CONDUIRE COMME ÇA À L'ÉCURIE !...
C'EST BIEN, MES FILLES !... VOUS AVEZ BIEN TRAVAILLÉ !
TU DEVRAIS TE REPOSER... TU M'EN-TENDS ?
HEIN ?
ALLONGE-TOI UN PEU, MÊME SI TU N'ARRIVES PAS À DORMIR !
NON, ÇA VA !
MAIS TOI, COMMENT TE SENS-TU ?... COMMENT VA TON VENTRE ?
LA FEMME ÉTAIT ENCEINTE DE LEUR DIXIÈME ENFANT.
NE T'INQUIÈTE PAS POUR NOUS !...
15

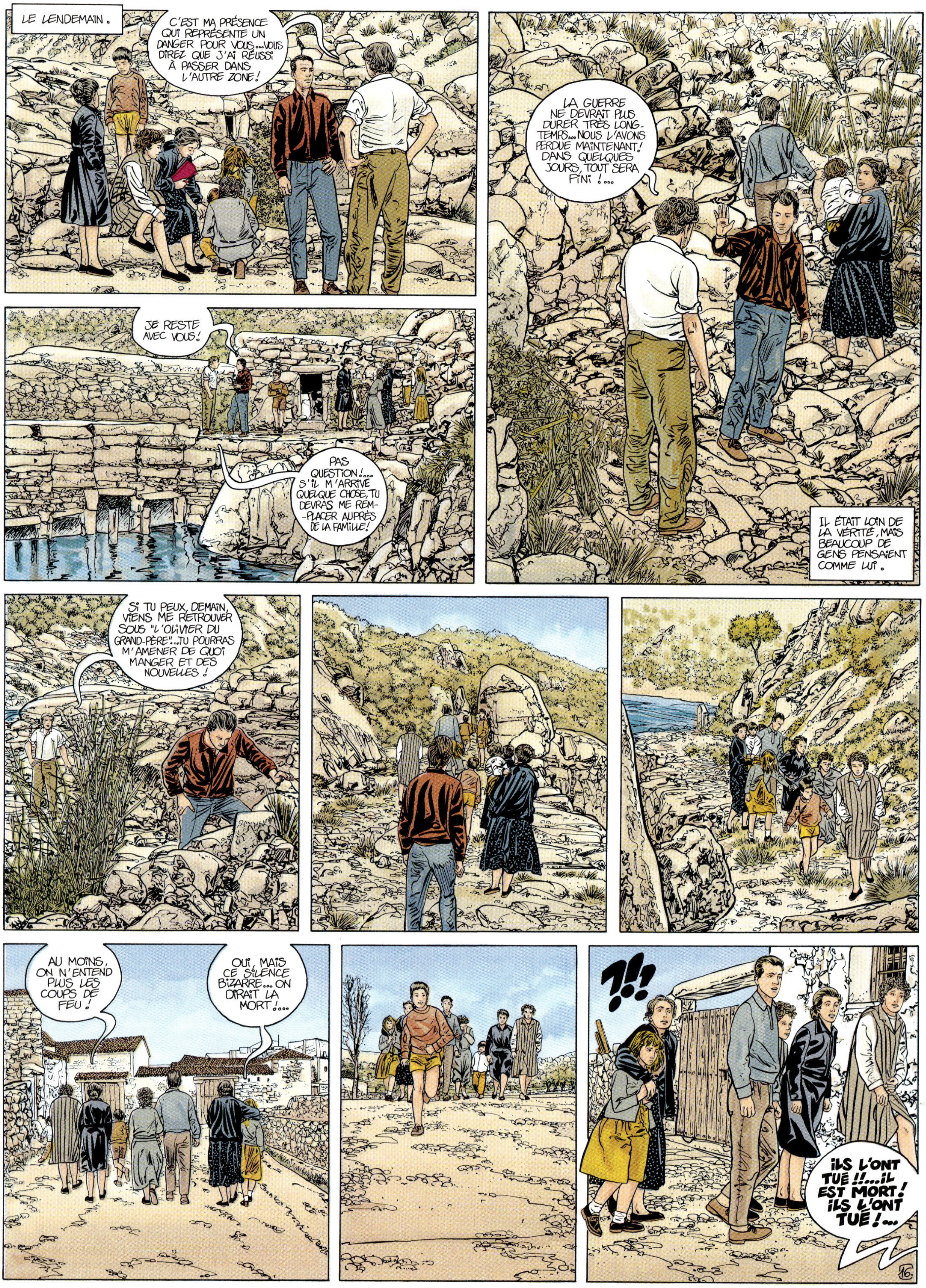
LE LENDEMAIN.
C'EST MA PRÉSENCE QUI REPRÉSENTE UN DANGER POUR VOUS... VOUS DIREZ QUE J'AI RÉUSSI À PASSER DANS L'AUTRE ZONE!
JE RESTE AVEC VOUS!
PAS QUESTION!... S'IL M'ARRIVE QUELQUE CHOSE, TU DEVRAS ME REMPLACER AUPRÈS DE LA FAMILLE!
LA GUERRE NE DEVRAIT PLUS DURER TRÈS LONGTEMPS... NOUS L'AVONS PERDUE MAINTENANT! DANS QUELQUES JOURS, TOUT SERA FINI!...
IL ÉTAIT LOIN DE LA VÉRITÉ, MAIS BEAUCOUP DE GENS PENSAIENT COMME LUI.
SI TU PEUX, DEMAIN, VIENS ME RETROUVER SOUS "L'OLIVIER DU GRAND-PÈRE"... TU POURRAS M'AMENER DE QUOI MANGER ET DES NOUVELLES!
AU MOINS, ON N'ENTEND PLUS LES COUPS DE FEU!
OUI, MAIS CE SILENCE BIZARRE... ON DIRAIT LA MORT!...
?!!
¡ILS L'ONT TUÉ!!... ¡IL EST MORT! ¡ILS L'ONT TUÉ!...
16

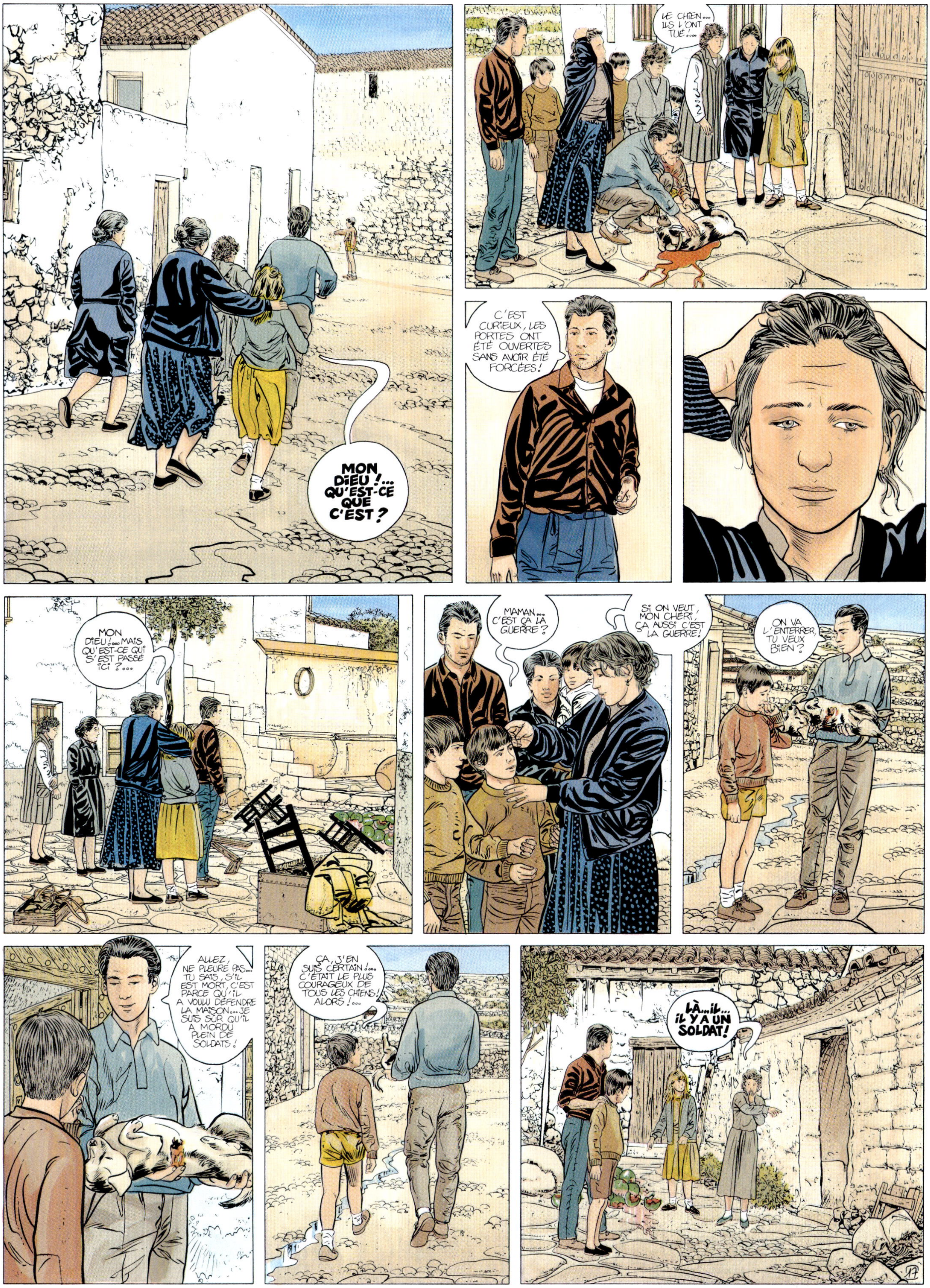
MON DIEU !... QU'EST-CE QUE C'EST ?
LE CHIEN... ILS L'ONT TUÉ !...
C'EST CURIEUX, LES PORTES ONT ÉTÉ OUVERTES SANS AVOIR ÉTÉ FORCÉES !
MON DIEU !... MAIS QU'EST-CE QUI S'EST PASSÉ ICI ?...
MAMAN... C'EST ÇA LA GUERRE ?
SI ON VEUT, MON CHÉRI, ÇA AUSSI C'EST LA GUERRE !
ON VA L'ENTERRER, TU VEUX BIEN ?
ALLEZ, NE PLEURE PAS... TU SAIS, S'IL EST MORT, C'EST PARCE QU'IL A VOULU DÉFENDRE LA MAISON... JE SUIS SÛR QU'IL A MORDU PLEIN DE SOLDATS !
ÇA, J'EN SUIS CERTAIN !... C'ÉTAIT LE PLUS COURAGEUX DE TOUS LES CHIENS ! ALORS !...
LÀ... IL... IL Y A UN SOLDAT !

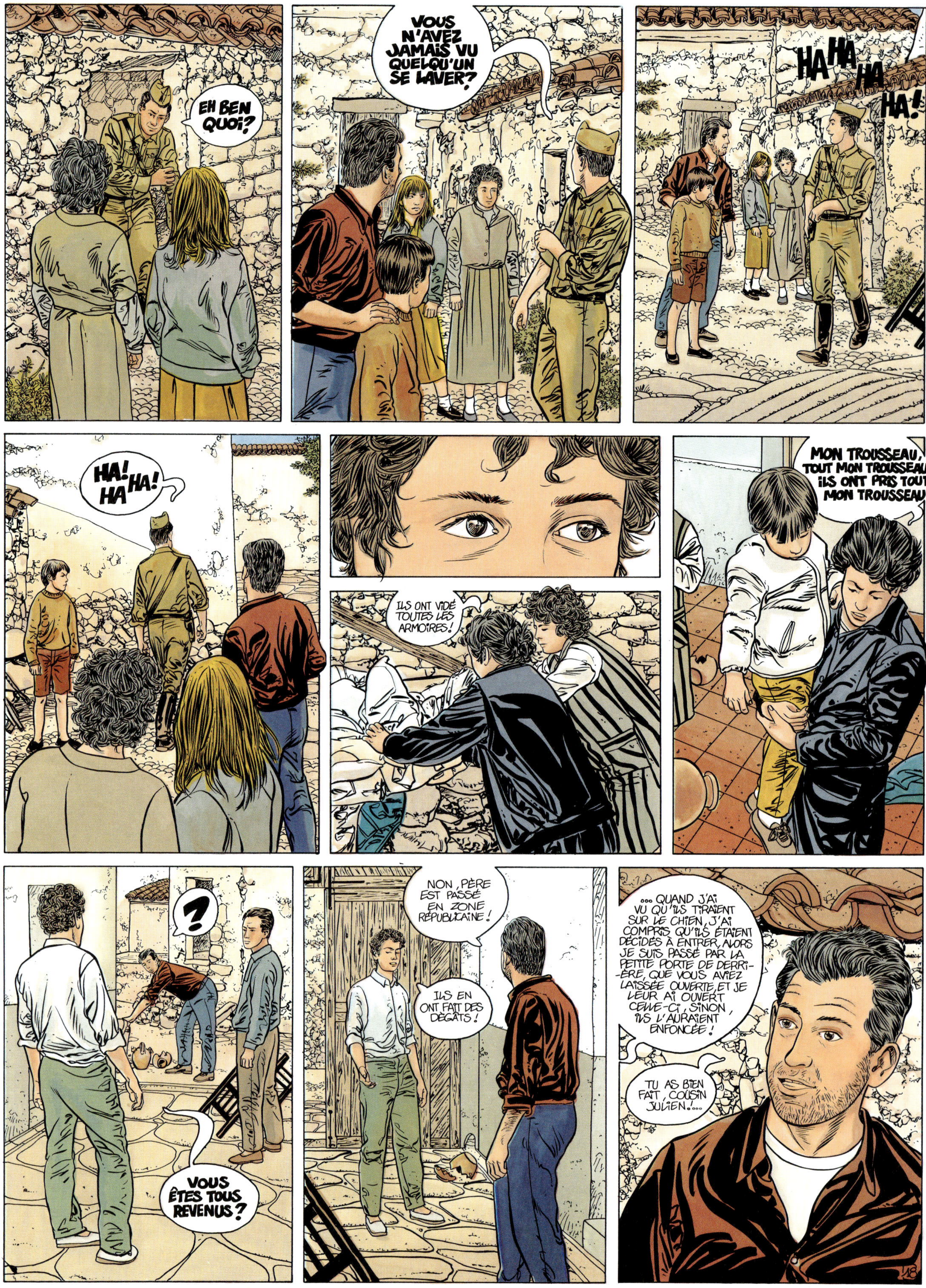
EH BEN QUOI?
VOUS N'AVEZ JAMAIS VU QUELQU'UN SE LAVER?
HA HA HA HA!
HA! HA HA!
ILS ONT VIDÉ TOUTES LES ARMOIRES!
MON TROUSSEAU, TOUT MON TROUSSEAU: ILS ONT PRIS TOUT MON TROUSSEAU!
?
VOUS ÊTES TOUS REVENUS?
NON, PÈRE EST PASSÉ EN ZONE RÉPUBLICAINE!
ILS EN ONT FAIT DES DÉGÂTS!
... QUAND J'AI VU QU'ILS TIRAIENT SUR LE CHIEN, J'AI COMPRIS QU'ILS ÉTAIENT DÉCIDÉS À ENTRER, ALORS JE SUIS PASSÉ PAR LA PETITE PORTE DE DERRI--ÈRE, QUE VOUS AVIEZ LAISSÉE OUVERTE, ET JE LEUR AI OUVERT CELLE-CI, SINON, ILS L'AURAIENT ENFONCÉE!
TU AS BIEN FAIT, COUSIN JULIEN!...

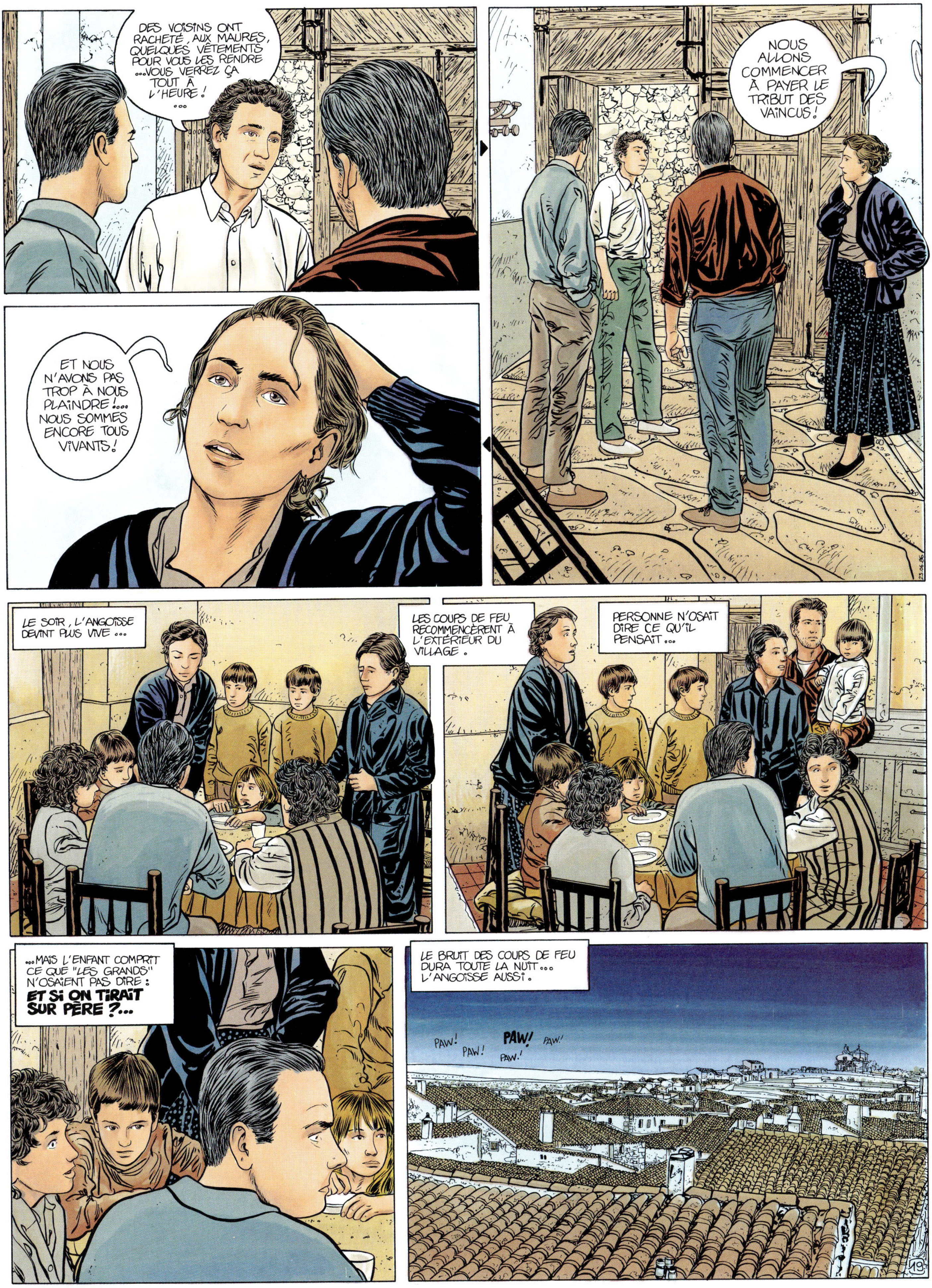
DES VOISINS ONT RACHETÉ, AUX MAURES, QUELQUES VÊTEMENTS POUR VOUS LES RENDRE ...VOUS VERREZ ÇA TOUT À L'HEURE! ...
NOUS ALLONS COMMENCER À PAYER LE TRIBUT DES VAINCUS!
ET NOUS N'AVONS PAS TROP À NOUS PLAINDRE!... NOUS SOMMES ENCORE TOUS VIVANTS!
LE SOIR, L'ANGOISSE DEVINT PLUS VIVE...
LES COUPS DE FEU RECOMMENCÈRENT À L'EXTÉRIEUR DU VILLAGE.
PERSONNE N'OSAIT DIRE CE QU'IL PENSAIT...
...MAIS L'ENFANT COMPRIT CE QUE "LES GRANDS" N'OSAIENT PAS DIRE:
ET SI ON TIRAIT SUR PÈRE?...
LE BRUIT DES COUPS DE FEU DURA TOUTE LA NUIT... L'ANGOISSE AUSSI.
PAW! PAW! PAW! PAW! PAW!

CETTE NUIT-LÀ, DANS LES COLLINES, LE PÈRE CHERCHAIT, COMME BEAUCOUP D'AUTRES, À PROTÉGER SA PEAU.
ILS NOUS CHASSENT COMME ON CHASSE DU GIBIER!
IL AVAIT RETROUVÉ SON AMI ATICO QUI ÉTAIT DANS LA MÊME SITUATION QUE LUI.
TOI AUSSI, TU AS QUITTÉ LE VILLAGE HIER MATIN?
OUI, HIER, MAIS PENDANT L'HEURE DE SIESTE. LE MATIN, ILS ONT FUSILLÉ MON PÈRE, J'AI PRIS PEUR...
TON PÈRE?!... MAIS POURQUOI, BON DIEU? IL N'A JAMAIS FAIT DE POLITIQUE!
JE NE SAIS PAS... PEUT-ÊTRE PARCE QU'ILS ONT VU UN PORTRAIT OFFICIEL DE MANUEL AZAÑA (*) ACCROCHÉ DANS SA TAVERNE!... JE NE SAIS PAS!
(*) MANUEL AZAÑA : LE PRÉSIDENT DE LA RÉPUBLIQUE ESPAGNOLE DE L'ÉPOQUE.
PAW! PAW! PAW!
ILS ONT ENCORE PRIS QUELQU'UN!
LES SALAUDS!
ET MARIA, ELLE EST OÙ?
ELLE EST RESTÉE AU VILLAGE AVEC LES ENFANTS... À L'HEURE OÙ JE SUIS PARTI, LE RISQUE DE SORTIR EN GROUPE ÉTAIT TROP GRAND.
MAINTENANT JE SUIS INQUIET, JE...
CHUT!
TAIS-TOI! ...ILS APPRO-CHENT!
?
20

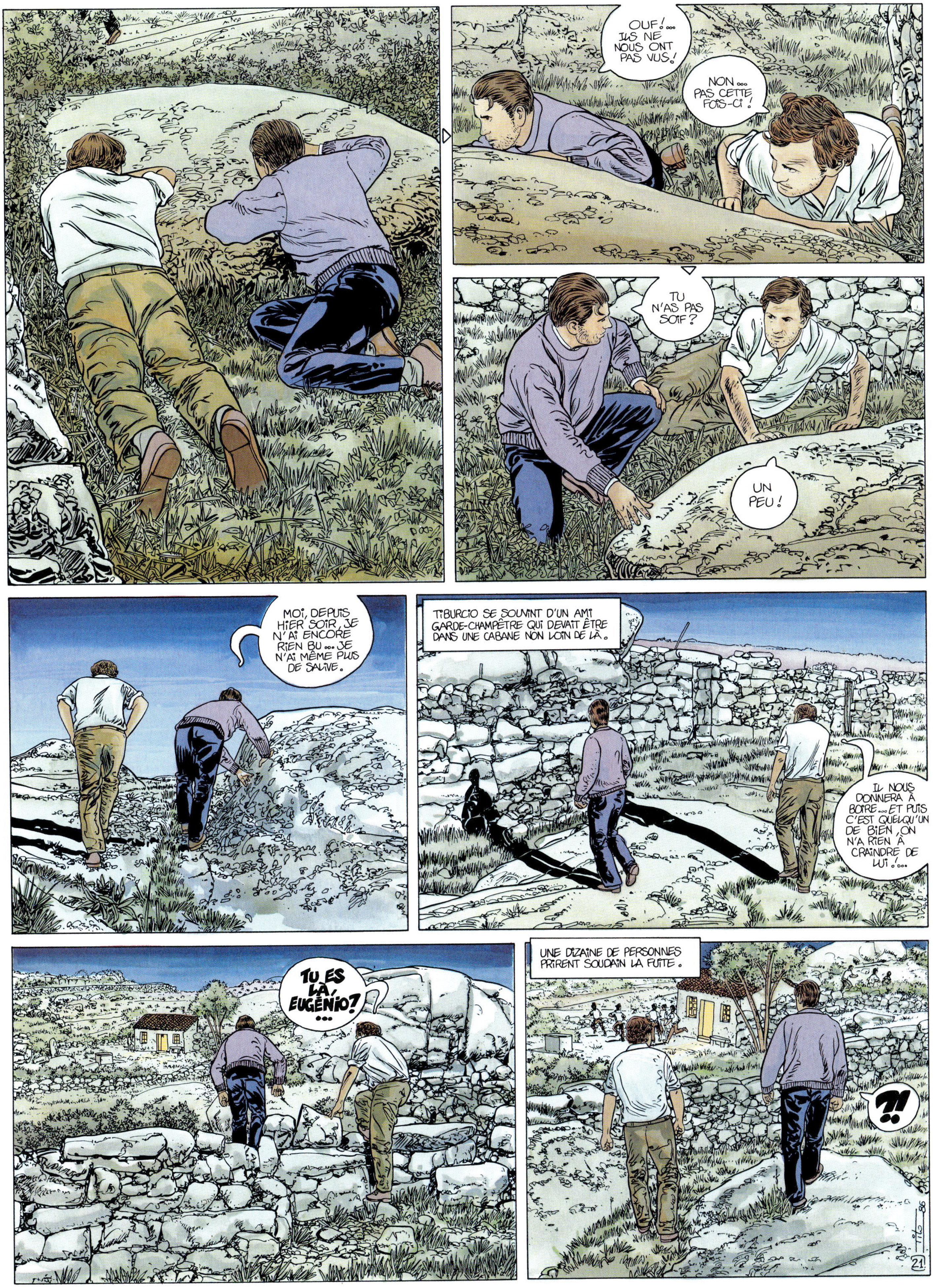
OUF ! ... ILS NE NOUS ONT PAS VUS !
NON ... PAS CETTE FOIS-CI !
TU N'AS PAS SOIF ?
UN PEU !
MOI, DEPUIS HIER SOIR, JE N'AI ENCORE RIEN BU ... JE N'AI MÊME PLUS DE SALIVE.
TIBURCIO SE SOUVINT D'UN AMI GARDE-CHAMPÊTRE QUI DEVAIT ÊTRE DANS UNE CABANE NON LOIN DE LÀ.
IL NOUS DONNERA À BOIRE ... ET PUIS C'EST QUELQU'UN DE BIEN, ON N'A RIEN À CRAINDRE DE LUI !...
TU ES LÀ, EUGÉNIO ? ...
UNE DIZAINE DE PERSONNES PRIRENT SOUDAIN LA FUITE.
?!
21

NE VOUS SAUVEZ PAS ! NOUS AUSSI NOUS SOMMES EN FUITE !
C'EST TIBURCIO ET ATICO !...
VOUS NOUS EN AVEZ FAIT, UNE PEUR !
ON NE PEUT PAS RESTER CACHÉS COMME ÇA !... QU'EST-CE QUE TU NOUS CONSEILLES DE FAIRE ?
C'EST DÉLICAT, CE QUE TU ME DEMANDES... JE CROIS QUE LE MOMENT EST VENU POUR QUE CHACUN DE NOUS FASSE SUIVANT SON INSTINCT !...
TIENS, BOIS !
ILS POURSUIVIRENT LEUR CHEMIN ENSEMBLE.
PAW! PAW!
22
TU SAIS, J'AI RÉFLÉCHI !... JE RETOURNE AU VILLAGE... MOI, JE NE PEUX PAS CONTINUER COMME ÇA ! S'ILS VEULENT ME TUER, QU'ILS ME TUENT !...
FAIS COMME TU VEUX, ATICO, MOI, JE VAIS ESSAYER DE PASSER DANS L'AUTRE ZONE !...
J'ESPÈRE QU'ON POURRA SE REVOIR BIENTÔT !

IL CONTINUA À MARCHER VERS LES OLIVIERS OÙ IL AVAIT DEMANDÉ À SON GENDRE DE VENIR LE RETROUVER.
PARFOIS, SUR SA ROUTE, D'AUTRES HOMMES PRENAIENT LA FUITE EN L'ENTENDANT PASSER... IL NE DISAIT PLUS RIEN.
ARRIVÉ À L'ABRI DES OLIVIERS, IL SE MIT À PENSER AU TEMPS PASSÉ EN ESSAYANT DE COMPRENDRE LES RAISONS DE LA VIOLENCE DES HOMMES.
IL SE SOUVENAIT D'UN DES PREMIERS INCIDENTS POLITIQUES QUE CONNUT SOLEDAD DANS L'ESPAGNE DÉJÀ TROUBLÉE DES ANNÉES TRENTE. IL N'ASSISTA PAS À LA SCÈNE MAIS ON EN PARLA BEAUCOUP DANS LE VILLAGE.
C'ÉTAIT AU MOMENT DES ÉLECTIONS MUNICIPALES D'AVRIL 1931 (ELLES ALLAIENT PROVOQUER LE DÉPART D'ALPHONSE XIII ET LA CHUTE DE LA MONARCHIE.) UNE MANIFESTATION GUIDÉE PAR LE MAIRE, QUI ÉTAIT DE DROITE, DÉFILAIT DANS LES RUES DE SOLEDAD.
C'EST QUAND LES MANIFESTANTS PASSÈRENT PRÈS DE "CHEZ MANUEL", L'UNE DES TAVERNES TRÈS FRÉQUENTÉES PAR LES OUVRIERS AGRICOLES, QUE L'AFFRONTEMENT EUT LIEU...
DON TOMAS, LE MAIRE, FUT BLESSÉ.
23

DANS LA BAGARRE QUI SUIVIT, UN DES GARDES FORESTIERS, ÉTANT AU SERVICE DU MAIRE, TIRA SUR UN OUVRIER ET LE TUA... L'AFFAIRE SE TASSA, MAIS LES RANCOEURS RESTÈRENT.
IL EST LÀ-BAS !
?
PLUS TARD, LORSQUE LE GROUPE ADVERSE DIRIGEA LE VILLAGE, LUCAS, LE GARDE FORESTIER, NE FUT PAS OUBLIÉ...
PAW!
C'ÉTAIT UNE PÉRIODE DE FOLIE... TOUT ÉTAIT BOULEVERSÉ... PROFITANT DE LA MÊME OCCASION, ON ARRÊTA HUIT AUTRES HOMMES DE DROITE QUI N'ÉTAIENT PAS FORCÉMENT, TOUS, DES PLUS REPRÉSENTATIFS...
ILS FURENT EMPRISONNÉS DANS LA MAISON DE DON MANOLO, LE CURÉ, QUI ÉTAIT RESTÉE INOCCUPÉE DEPUIS QUE CELUI-CI AVAIT QUITTÉ SOLEDAD ALORS QUE L'ON PROFANAIT L'ÉGLISE.
S'IL Y EN A UN QUI CHERCHE À S'ÉVADER, TU LUI TIRES DESSUS.
QUELQUES JOURS PLUS TARD, LES HUIT HOMMES FURENT CONDUITS AU QUARTIER GÉNÉRAL DES NOUVEAUX PARTIS. C'ÉTAIT LE BÂTIMENT DE LA "GUARDIA-CIVIL" QUI ÉTAIT, LUI AUSSI, INOCCUPÉ CAR TOUS LES "GUARDIAS" ÉTAIENT PARTIS COMBATTRE À TOLÈDE.
LÀ, LES GENS NE SAVAIENT PAS CE QUE L'ON FAISAIT VRAIMENT AUX HUIT PRISONNIERS.
CERTAINS PARLAIENT DE SIMPLE INTERROGATOIRE.
D'AUTRES, DE TORTURES.
JÉSUS MARIE !
UN MATIN, À L'AUBE, ON SORTIT LES PRISONNIERS POUR LES CONDUIRE HORS DU VILLAGE.
24

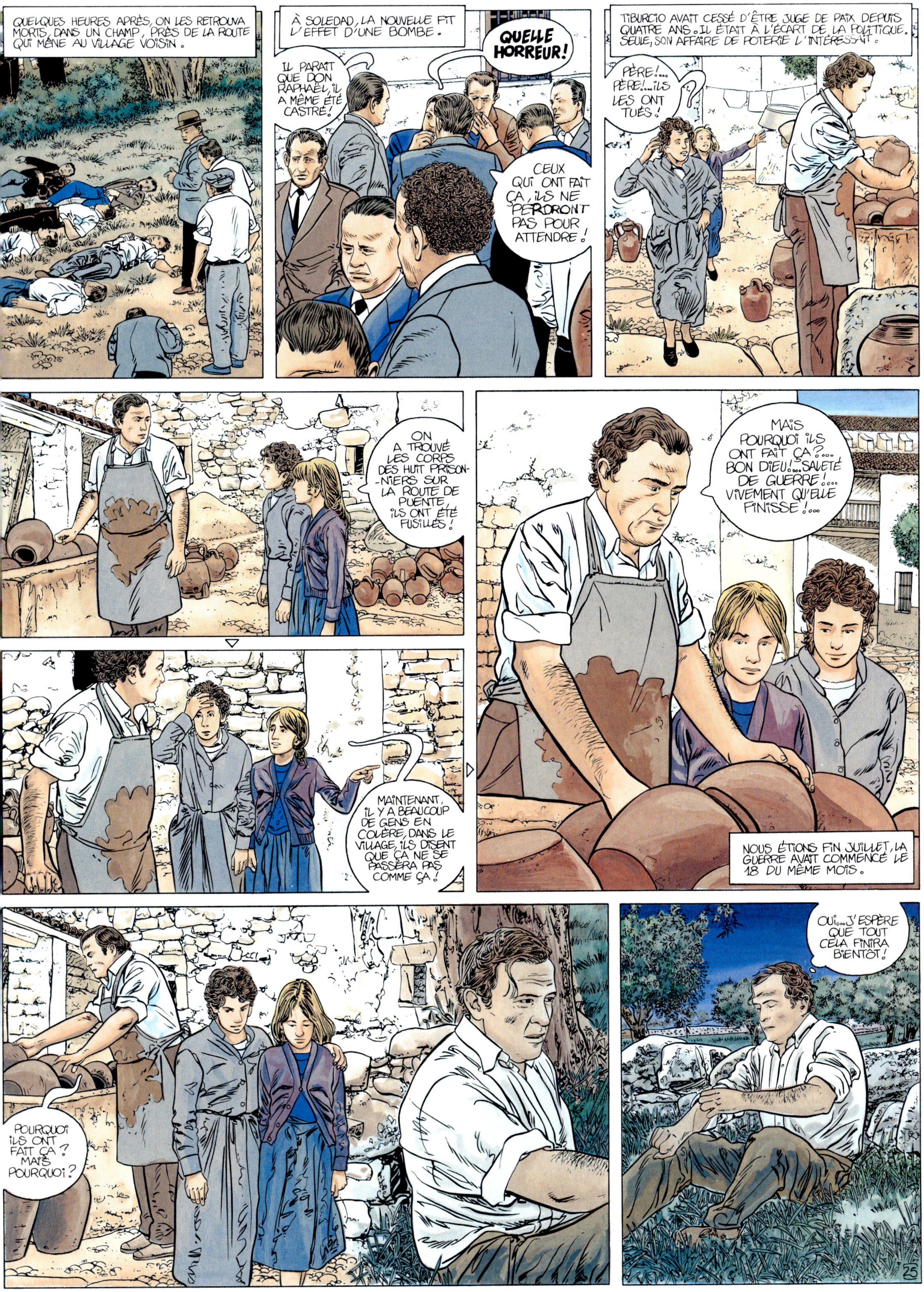
QUELQUES HEURES APRÈS, ON LES RETROUVA MORTS, DANS UN CHAMP, PRÈS DE LA ROUTE QUI MÈNE AU VILLAGE VOISIN.
À SOLEDAD, LA NOUVELLE FIT L'EFFET D'UNE BOMBE.
IL PARAÎT QUE DON RAPHAËL, IL A MÊME ÉTÉ CASTRÉ!
QUELLE HORREUR!
CEUX QUI ONT FAIT ÇA, ILS NE PERDRONT PAS POUR ATTENDRE!
TIBURCIO AVAIT CESSÉ D'ÊTRE JUGE DE PAIX DEPUIS QUATRE ANS. IL ÉTAIT À L'ÉCART DE LA POLITIQUE. SEULE, SON AFFAIRE DE POTERIE L'INTÉRESSAIT.
PÈRE!... PÈRE!... ILS LES ONT TUÉS!
ON A TROUVÉ LES CORPS DES HUIT PRISONNIERS SUR LA ROUTE DE PUENTE, ILS ONT ÉTÉ FUSILLÉS!
MAINTENANT, IL Y A BEAUCOUP DE GENS EN COLÈRE, DANS LE VILLAGE. ILS DISENT QUE ÇA NE SE PASSERA PAS COMME ÇA!
MAIS POURQUOI ILS ONT FAIT ÇA?... BON DIEU!... SALETÉ DE GUERRE!... VIVEMENT QU'ELLE FINISSE!...
NOUS ÉTIONS FIN JUILLET, LA GUERRE AVAIT COMMENCÉ LE 18 DU MÊME MOIS.
POURQUOI ILS ONT FAIT ÇA? MAIS POURQUOI?
OUI... J'ESPÈRE QUE TOUT CELA FINIRA BIENTÔT!

IL PENSAIT AUSSI À CEUX QUI N'AVAIENT PEUT-ÊTRE PAS PU QUITTER SOLEDAD À TEMPS. COMBIEN ÉTAIENT-ILS ENCORE EN VIE ?...
HEIN!? QU'EST-CE QUE C'EST?!
26

IL FAIT DÉJÀ JOUR !
SI JE RESTE ICI, JE VAIS ME FAIRE REPÉRER... MAIS PEUT-ÊTRE QUE... POURQUOI PAS !
SI ON T'ARRÊTE, TU DIRAS QUE TU VAS TRAVAILLER AUX CHAMPS !
BIEN SÛR, NE VOUS INQUIÉTEZ PAS !
ELLE ÉTAIT NERVEUSE...
DIS-LUI QU'IL FASSE ATTENTION... QU'IL NE REVIENNE PAS AU VILLAGE... ON LE FUSILLERAIT AUSSITÔT... TOUS LES CHEFS RÉPUBLICAINS SONT PARTIS... ALORS, ILS PRENNENT CEUX QU'ILS PEUVENT... N'OUBLIE PAS DE LE LUI DIRE !
QU'IL SOIT TRÈS PRU-DENT... QU'IL ATTENDE ENCORE... LE MIEUX, C'EST QU'IL ESSAIE DE PASSER DE L'AUTRE CÔTÉ DU FLEUVE, EN ZONE RÉPUBLI-CAINE ! TU LUI DIRAS AUSSI QU'IL NE SE FASSE PAS DE SOUCIS POUR NOUS... ON NOUS A LAISSÉS TRANQUILLES !
NE VOUS INQUIÉTEZ PAS, IL SAURA TOUT !
27

COMME IL ÉTAIT RESTÉ LONGTEMPS IMMOBILE EN HAUT DE L'ARBRE, IL PUT VOIR UNE FAMILLE DE PERDRIX SE METTRE À L'OMBRE SOUS SES PIEDS SANS QUE CELLES-CI S'APERÇOIVENT DE SA PRÉSENCE.
POUR UN PEU, IL OUBLIAIT QUE C'ÉTAIT LA GUERRE.
PÈRE !.. VOUS ÊTES LÀ ?.. PÈRE !
!
JE VOUS APPORTE DE QUOI MANGER !
JE PENSAIS QUE TU N'ALLAIS PLUS VENIR !
28

INFORMÉ PAR SON GENDRE DÉSIDÉRIO, LE PÈRE DÉCIDA DE S'ÉLOIGNER DE SOLEDAD PENDANT QUELQUES JOURS DE PLUS.
IL MARCHA À TRAVERS CHAMPS EN ESSAYANT DE NE PAS SE FAIRE VOIR.
IL MARCHA TOUTE LA NUIT.
AU PETIT MATIN, IL ARRIVA À "LAS FACIOSAS", UNE FERME GARDÉE PAR UN MEMBRE DE SA FAMILLE.
ONCLE FELICIANO!
TIBURCIO! ...QU'EST-CE QUE TU FAIS PAR ICI?...
IL N'OUBLIERA JAMAIS L'ACCUEIL DU VIEIL HOMME.
J'AVOUE QUE JE NE LE SAIS PAS MOI-MÊME... ME PROTÉGER? ...NE PAS RESTER TROP ÉLOIGNÉ DE MA FAMILLE?...
TU AS BIEN FAIT DE VENIR ICI!... ET SI JAMAIS IL Y EN A UN QUI SE PRÉSENTE POUR VENIR TE FAIRE DU MAL... OH PUTAIN!... J'SUIS CAPABLE DE LE BOUFFER!
JE RESTERAI SEULEMENT QUELQUES JOURS!...
TU RESTERAS LE TEMPS QU'IL FAUDRA!... VIENS, TU DOIS AVOIR FAIM!...
29

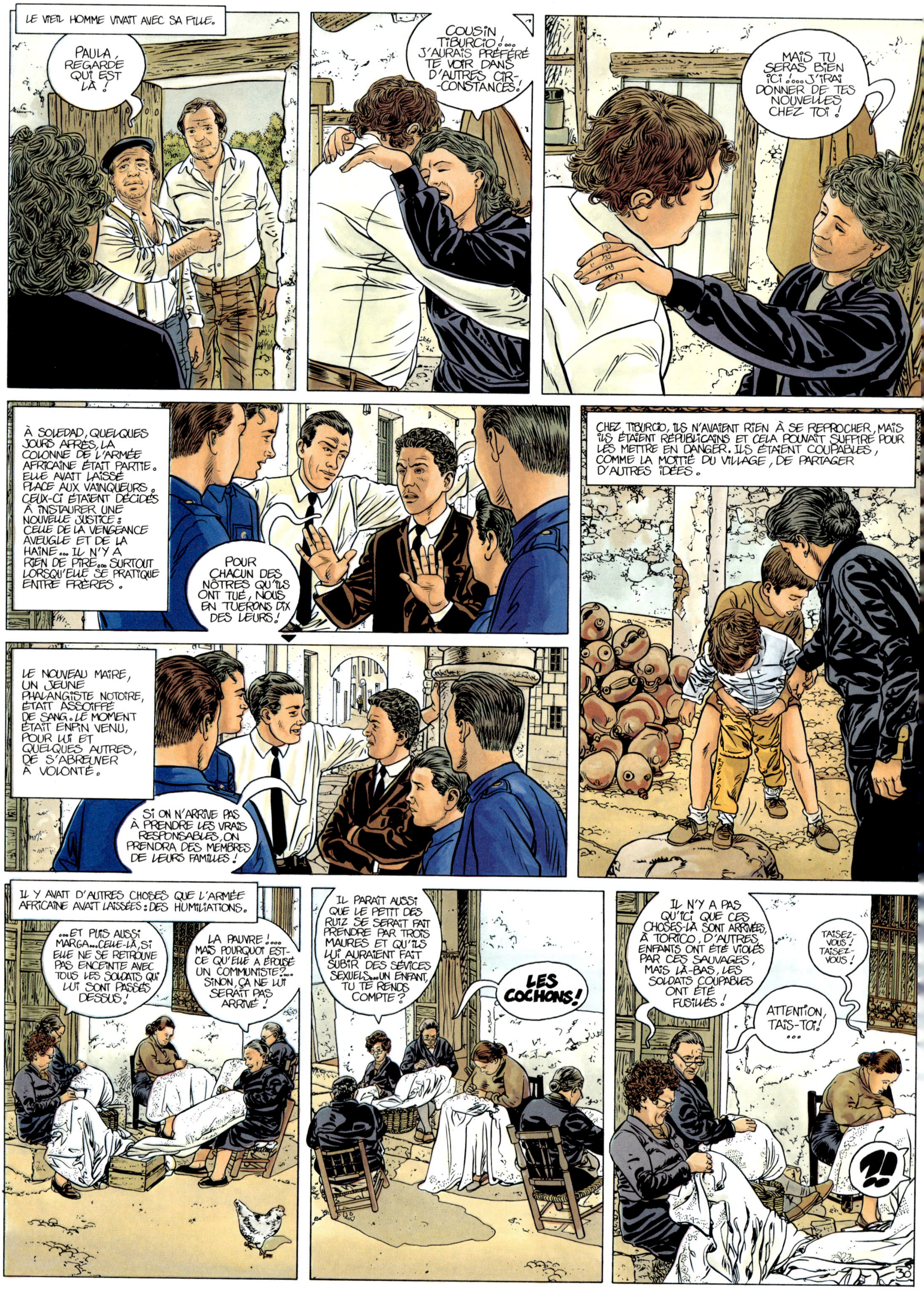
LE VIEIL HOMME VIVAIT AVEC SA FILLE.
PAULA, REGARDE QUI EST LÀ !
COUSIN TIBURCIO !... J'AURAIS PRÉFÉRÉ TE VOIR DANS D'AUTRES CIR-CONSTANCES !
MAIS TU SERAS BIEN ICI !... J'IRAI DONNER DE TES NOUVELLES CHEZ TOI !
À SOLEDAD, QUELQUES JOURS APRÈS, LA COLONNE DE L'ARMÉE AFRICAINE ÉTAIT PARTIE. ELLE AVAIT LAISSÉ PLACE AUX VAINQUEURS. CEUX-CI ÉTAIENT DÉCIDÉS À INSTAURER UNE NOUVELLE JUSTICE : CELLE DE LA VENGEANCE AVEUGLE ET DE LA HAINE... IL N'Y A RIEN DE PIRE... SURTOUT LORSQU'ELLE SE PRATIQUE ENTRE FRÈRES.
POUR CHACUN DES NÔTRES QU'ILS ONT TUÉ, NOUS EN TUERONS DIX DES LEURS !
LE NOUVEAU MAIRE, UN JEUNE PHALANGISTE NOTOIRE, ÉTAIT ASSOIFFÉ DE SANG. LE MOMENT ÉTAIT ENFIN VENU, POUR LUI ET QUELQUES AUTRES, DE S'ABREUVER À VOLONTÉ.
SI ON N'ARRIVE PAS À PRENDRE LES VRAIS RESPONSABLES, ON PRENDRA DES MEMBRES DE LEURS FAMILLES !
CHEZ TIBURCIO, ILS N'AVAIENT RIEN À SE REPROCHER, MAIS ILS ÉTAIENT RÉPUBLICAINS ET CELA POUVAIT SUFFIRE POUR LES METTRE EN DANGER. ILS ÉTAIENT COUPABLES, COMME LA MOITIÉ DU VILLAGE, DE PARTAGER D'AUTRES IDÉES.
IL Y AVAIT D'AUTRES CHOSES QUE L'ARMÉE AFRICAINE AVAIT LAISSÉES : DES HUMILIATIONS.
...ET PUIS AUSSI MARGA... CELLE-LÀ, SI ELLE NE SE RETROUVE PAS ENCEINTE AVEC TOUS LES SOLDATS QUI LUI SONT PASSÉS DESSUS !
LA PAUVRE !... MAIS POURQUOI EST-CE QU'ELLE A ÉPOUSÉ UN COMMUNISTE ?... SINON, ÇA NE LUI SERAIT PAS ARRIVÉ !
IL PARAÎT AUSSI QUE LE PETIT DES RUIZ SE SERAIT FAIT PRENDRE PAR TROIS MAURES ET QU'ILS LUI AURAIENT FAIT SUBIR DES SÉVICES SEXUELS... UN ENFANT, TU TE RENDS COMPTE ?
LES COCHONS !
IL N'Y A PAS QU'ICI QUE CES CHOSES-LÀ SONT ARRIVÉES, À TORICO, D'AUTRES ENFANTS ONT ÉTÉ VIOLÉS PAR CES SAUVAGES, MAIS LÀ-BAS, LES SOLDATS COUPABLES ONT ÉTÉ FUSILLÉS !
TAISEZ-VOUS ! TAISEZ-VOUS !
ATTENTION, TAIS-TOI !...
30

PARFOIS, LE SOIR, ON FRAPPAIT AUX PORTES DES MAISONS.
DIS À TON MARI DE SORTIR, IL DOIT VENIR AVEC NOUS À LA MAIRIE !... ON DOIT LUI POSER QUELQUES QUESTIONS !
OUI ...OUI, IL ARRIVE !
C'ÉTAIT TERRIBLE !... LES FAMILLES SAVAIENT CE QUE CE GENRE DE DÉMARCHE SIGNIFIAIT...
...SOUVENT, SI LA PERSONNE QUE L'ON EMMENAIT "INTERROGER" NE REVENAIT PAS LE SOIR MÊME, ON NE LA REVOYAIT PLUS.
ALORS, POUR LES FAMILLES, COMMENÇAIT LA LONGUE ATTENTE.
31

CHEZ TIBURCIO, ON SAVAIT QU'IL ALLAIT BIEN GRÂCE À LA COUSINE PAULA, QUI ÉTAIT VENUE DE "LAS FACIOSAS" POUR LEUR DONNER DES NOUVELLES. MAIS ON RESTAIT INQUIETS...
...ET C'EST ARRIVÉ QUAND ?
HIER APRÈS-MIDI!... ILS AVAIENT EMMENÉ PACO LA NUIT DE LA VEILLE POUR L'INTERRO-GER... ET HIER, ILS SONT VENUS CHERCHER SA FEMME CARMELA ACCUSÉE, ELLE AUSSI, D'ÊTRE UNE "ROUGE"! ...
...ALORS QU'ON LA CONDUISAIT AU CIMETIÈRE POUR LA FUSILLER AVEC SON MARI, ELLE A VU LEUR PETITE FILLE QUI JOUAIT DANS LA RUE. ELLE A DEMANDÉ L'AUTORI-SATION DE L'EM-BRASSER.
...LES MILICIENS S'Y SONT OPPOSÉS. CARMELA S'EST ALORS COUCHÉE PAR TERRE, REFUSANT D'AVANCER SI ON NE LA LAISSAIT PAS EMBRASSER SA FILLE... ILS L'ONT TUÉE SUR PLACE !
QU'EST-CE QUE VOUS FAITES ENCORE ?
VOUS ÉTIEZ EN TRAIN DE PARLER DE LA GUERRE ?... JE NE VEUX PAS VOUS ENTENDRE PARLER DE ÇA !...
CONTINUEZ À COUDRE OU ALLEZ VOUS OCCUPER DE VOS FRÈRES, MAIS NE PARLEZ PAS DE ÇA !
C'EST VRAI... ÇA NE SERT QU'À VOUS DONNER DES SOUCIS! ...
... ET NOUS EN AVONS DÉJÀ ASSEZ COMME ÇA !
PENSEZ DONC À AUTRE CHOSE !
ELLE DISAIT SOUVENT CELA, MAIS ELLE SAVAIT QUE C'ÉTAIT IMPOSSIBLE.
32

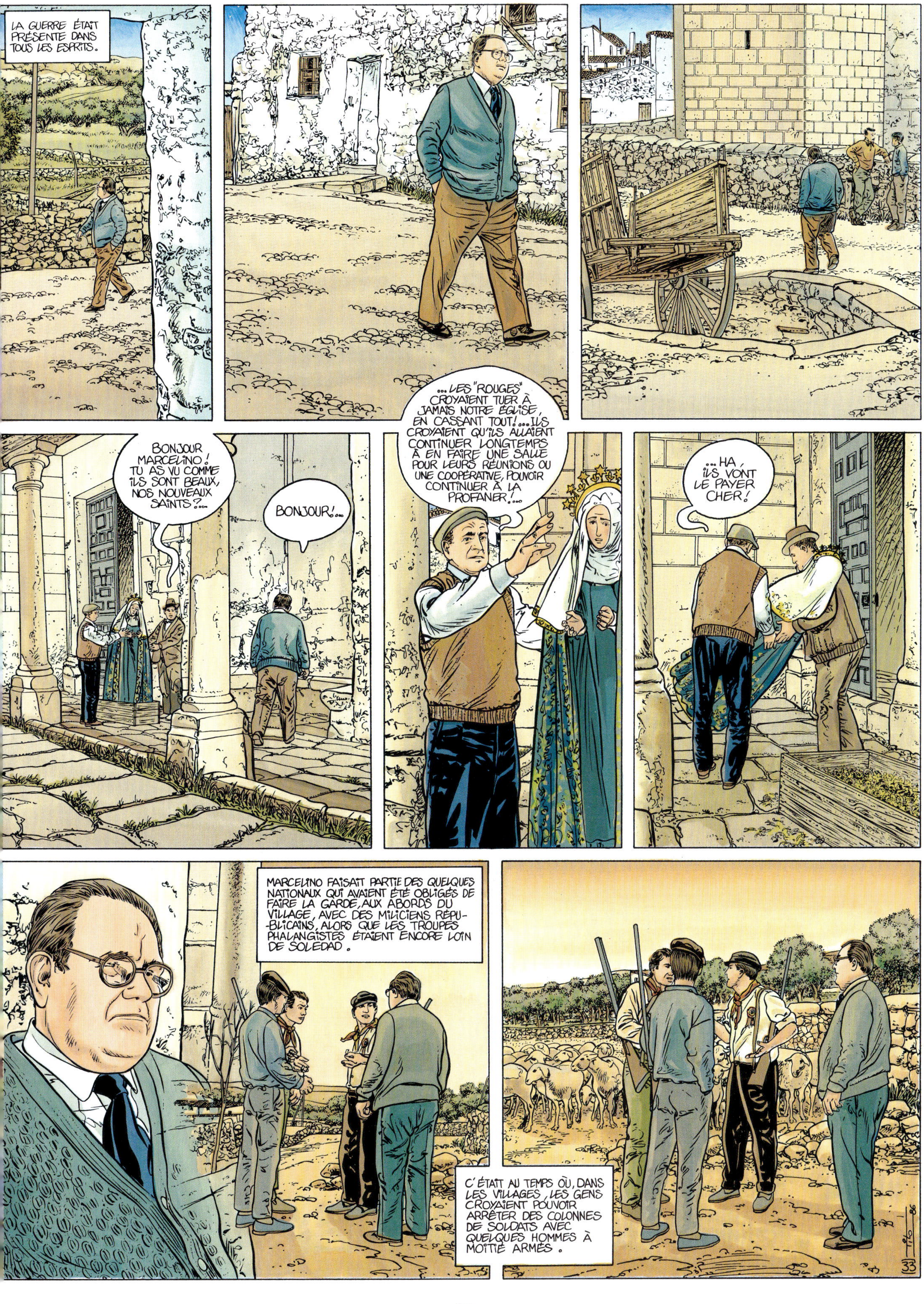
LA GUERRE ÉTAIT PRÉSENTE DANS TOUS LES ESPRITS.
BONJOUR MARCELINO ! TU AS VU COMME ILS SONT BEAUX, NOS NOUVEAUX SAINTS ?...
BONJOUR !...
... LES "ROUGES" CROYAIENT TUER À JAMAIS NOTRE ÉGLISE, EN CASSANT TOUT ! ... ILS CROYAIENT QU'ILS ALLAIENT CONTINUER LONGTEMPS À EN FAIRE UNE SALLE POUR LEURS RÉUNIONS OU UNE COOPÉRATIVE, POUVOIR CONTINUER À LA PROFANER !...
... HA, ILS VONT LE PAYER CHER !
MARCELINO FAISAIT PARTIE DES QUELQUES NATIONAUX QUI AVAIENT ÉTÉ OBLIGÉS DE FAIRE LA GARDE, AUX ABORDS DU VILLAGE, AVEC DES MILICIENS RÉPUBLICAINS, ALORS QUE LES TROUPES PHALANGISTES ÉTAIENT ENCORE LOIN DE SOLEDAD.
C'ÉTAIT AU TEMPS OÙ, DANS LES VILLAGES, LES GENS CROYAIENT POUVOIR ARRÊTER DES COLONNES DE SOLDATS AVEC QUELQUES HOMMES À MOITIÉ ARMÉS.
33

DON ESTEBAN A DIT, CE MATIN, QUE L'ARMÉE AFRICAINE VA BIENTÔT ARRIVER À BADAJOZ !... À CETTE ALLURE, ILS NE VONT PAS TARDER À PASSER PAR ICI !...
BADAJOZ ?! (*) ...FAUDRAIT DÉJÀ QU'ILS ARRIVENT À PRENDRE LA VILLE !... ARMÉE COMME ELLE EST, ILS NE PASSERONT PAS !...
(* BADAJOZ : VILLE PROCHE DU PORTUGAL, SUR LE FLEUVE GUADIANA. ELLE COMPTAIT À L'ÉPOQUE ENVIRON 40.000 HABITANTS ET FUT LE THÉÂTRE D'UNE DES PLUS SANGUINAIRES BATAILLES DE LA GUERRE CIVILE ESPAGNOLE. LES REPRÉSAILLES QUI SUIVIRENT, APRÈS LA VICTOIRE DE LA LÉGION ÉTRANGÈRE COMMANDÉE PAR LE COLONEL YAGÜE, FIRENT FRÉMIR LE MONDE ENTIER.)
JE ME DEMANDE SI ON NE DEVRAIT PAS SE METTRE D'ACCORD ENTRE NOUS TOUS DU VILLAGE POUR QUE RIEN NE SE PASSE ICI !...
NON !... IL N'EN EST PAS QUESTION !... LES PHALANGISTES NE SE MOQUERONT PAS DE NOUS !... DE TOUTE FAÇON, ICI, **ILS NE PASSERONT PAS !...**
("ILS NE PASSERONT PAS !"..."NO PASARÁN !", LE CRI DE GUERRE DE LA RÉPUBLIQUE. C'ÉTAIT DOLORÈS IBÁRRURI, DITE "LA PASIONARIA", QUI AVAIT LANCÉ CE CRI.
PHILIPS
ELLE ÉTAIT LA PERSONNALITÉ LA PLUS CONNUE DU P.C. ESPAGNOL EN 1936. EN SEPTEMBRE DE CETTE ANNÉE-LÀ, ELLE DEVAIT S'ADRESSER AUX PARISIENS DANS LE VÉLO-DROME D'HIVER AVEC UNE AUTRE PHRASE QUI EST RESTÉE HISTORIQUE : " MIEUX VAUT MOURIR DEBOUT QUE VIVRE À GENOUX !".
C'EST ELLE, AUSSI, QUI EXHORTAIT LES FEMMES À PARTI-CIPER AUX COMBATS, AVEC DES CISEAUX, DES COUTEAUX ET MÊME DE L'HUILE BOUILLANTE S'IL LE FALLAIT.)
À SOLEDAD, SEULS LES HOMMES SE CHARGEAIENT DE GARDER L'ENTRÉE DU VILLAGE. ILS SAVAIENT BIEN QUE LES CISEAUX ET LES COUTEAUX NE FERAIENT RIEN POUR EMPÊCHER "L'ARMÉE AFRICAINE" DE PASSER, MAIS NAÏVEMENT, ILS S'IMAGINAIENT QUE LEURS ESCOPETTES SUFFIRAIENT.

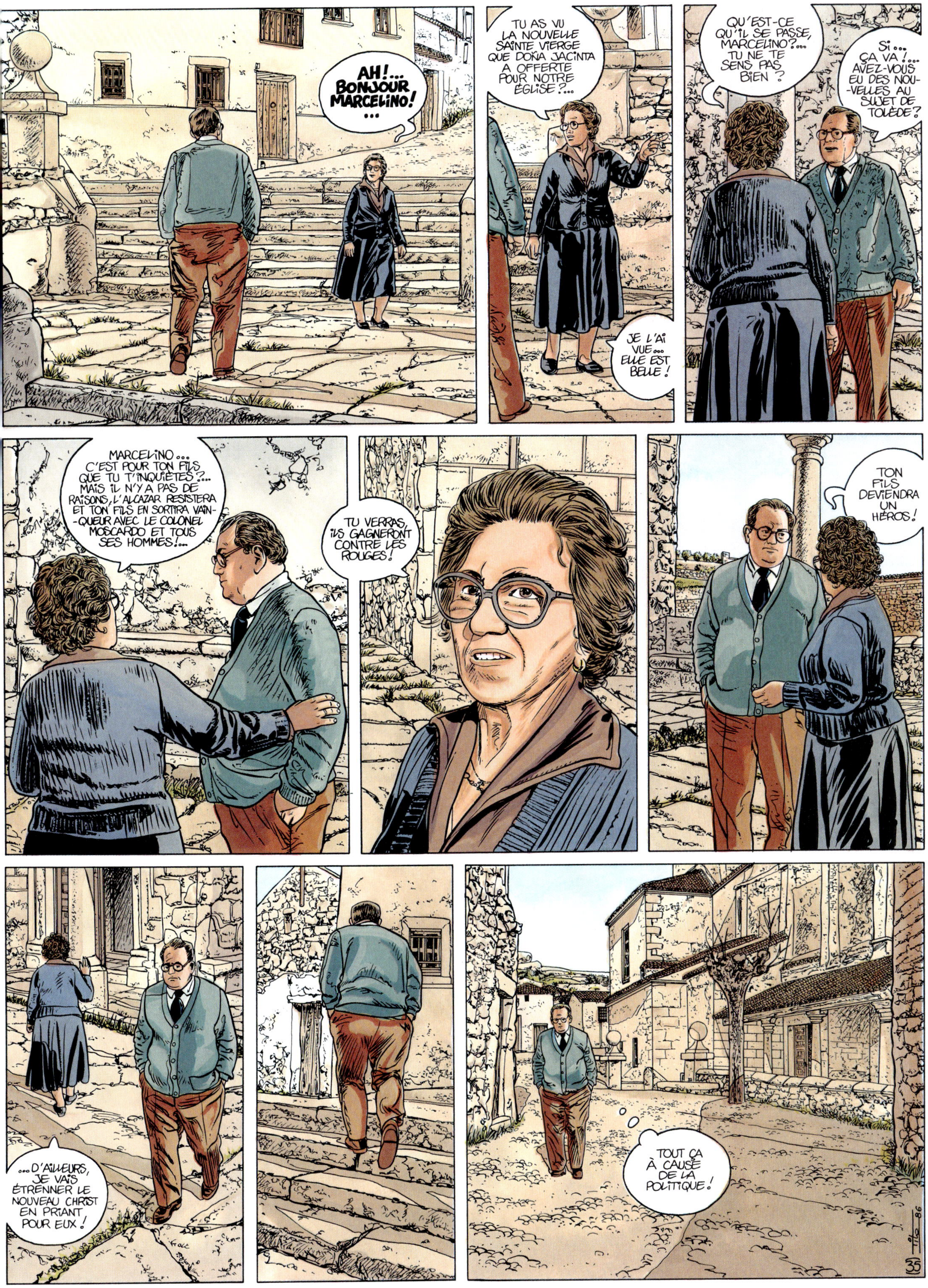
AH!... BONJOUR MARCELINO! ...
TU AS VU LA NOUVELLE SAINTE VIERGE QUE DOÑA JACINTA A OFFERTE POUR NOTRE ÉGLISE?...
JE L'AI VUE... ELLE EST BELLE!
QU'EST-CE QU'IL SE PASSE, MARCELINO?... TU NE TE SENS PAS BIEN ?
SI... ÇA VA!... AVEZ-VOUS EU DES NOUVELLES AU SUJET DE TOLÈDE?
MARCELINO... C'EST POUR TON FILS QUE TU T'INQUIÈTES?... MAIS IL N'Y A PAS DE RAISONS, L'ALCAZAR RÉSISTERA ET TON FILS EN SORTIRA VAINQUEUR AVEC LE COLONEL MOSCARDO ET TOUS SES HOMMES!...
TU VERRAS, ILS GAGNERONT CONTRE LES ROUGES!
TON FILS DEVIENDRA UN HÉROS!
...D'AILLEURS, JE VAIS ÉTRENNER LE NOUVEAU CHRIST EN PRIANT POUR EUX!
TOUT ÇA À CAUSE DE LA POLITIQUE!
35

LA POLITIQUE, LA GUERRE... LA GUERRE, LA POLITIQUE... NON LOIN DE SOLEDAD : TOLÈDE. NOUS ÉTIONS PRÈS DE LA FIN SEPTEMBRE 1936...
DÉJÀ, DEPUIS LE 19 JUILLET, DES SOLDATS NATIONALISTES ET DES GUARDIAS SOUS LES ORDRES DU COLONEL JOSÉ MOSCARDO, S'ÉTAIENT ENFERMÉS DANS L'ALCAZAR.
L'ALCAZAR DE TOLÈDE, L'UNE DES NOMBREUSES USINES À FABRIQUER DES MYTHES QUE CONNUT LA GUERRE CIVILE ESPAGNOLE.
MYTHE OU RÉALITÉ, L'UN DES ÉPISODES LES PLUS CONNUS RESTE CELUI DU FILS DU COLONEL MOSCARDO, QUE LES RÉPUBLICAINS GARDAIENT PRISONNIER.
ALLÔ... PÈRE ?... ÉCOUTE, SI TU NE TE RENDS PAS, LES RÉPUBLICAINS ME FUSILLERONT !... NE TE RENDS PAS, PÈRE, JE SERAI BRAVE !
MEURS COURAGEUSEMENT, MON FILS !... ARRIBA ESPAÑA !
CETTE SCÈNE, CENT FOIS REPRISE DANS LES FILMS DE PROPAGANDE FRANQUISTE, MILLE FOIS CITÉE DANS LES JOURNAUX DU MONDE ENTIER, EUT CERTAINEMENT LIEU (PEUT-ÊTRE AVEC MOINS DE LYRISME) MAIS LES RÉPUBLICAINS QUI VÉCURENT CETTE AFFAIRE PRÉCISÈRENT QUE SI LE FILS DU COLONEL MOSCARDO FUT EFFECTIVEMENT TUÉ, CE FUT UN MOIS PLUS TARD, ET DANS DES CIRCONSTANCES DIFFÉRENTES.
TOLÈDE... DÉCHIRÉE ELLE AUSSI PAR CETTE GUERRE FRATRICIDE.

LE 28 SEPTEMBRE 1936, QUAND LES TROUPES DU GÉNÉRAL FRANCO VINRENT LIBÉRER L'ALCAZAR, ON TROUVA AU MILIEU DES RUINES, LES CADAVRES DES DIZAINES D'OTAGES CIVILS QUE LE COLONEL MOSCARDO AVAIT PRIS POUR ASSURER L'INVIOLABILITÉ DE SA RETRAITE. UNE BIEN TRISTE GLOIRE POUR LES FACTIEUX... UNE DÉFAITE QUI PLONGEA DANS LE DÉSARROI LE CAMP RÉPUBLICAIN.
À SOLEDAD, COMME DANS BEAUCOUP DE VILLAGES VOISINS, LA NOUVELLE DE LA VICTOIRE NATIONALISTE DIVISA, UNE FOIS DE PLUS, LES PASSIONS. CERTAINS SE TROUVÈRENT SOULAGÉS ET FIERS DE L'ÉPOPÉE QUE VENAIENT DE VIVRE LEURS HÉROS.
D'AUTRES BAISSÈRENT LA TÊTE...
MAIS, MÊME CEUX QUI N'ÉTAIENT PAS DIRECTEMENT CONCERNÉS APPORTAIENT LEUR JUGEMENT.
...LES CADETS... OUI... ILS DISENT QUE LES CADETS DE L'ALCAZAR ONT SOUTENU HÉROÏQUEMENT LE SIÈGE DES RÉPUBLICAINS... TU PARLES !
...IL PARAÎT QU'ILS N'ÉTAIENT EN TOUT ET POUR TOUT QUE SEPT CADETS DANS L'ALCAZAR ! ...
ET PUIS, DES OTAGES CIVILS DES NATIONALISTES, AUCUN N'A SURVÉCU ! IMAGINEZ UN PEU !... ILS ONT AUSSI TUÉ DES BLESSÉS RÉPUBLICAINS DANS LES HÔPITAUX !
ARRÊTEZ DE PARLER DE ÇA !... APRÈS, JE NE DORS PAS ! ...J'EN FAIS DES CAUCHEMARS !
...NOUS ÉTIONS VENUS ICI POUR NOUS PROMENER ET NOUS CHANGER LES IDÉES APRÈS TOUT !
37

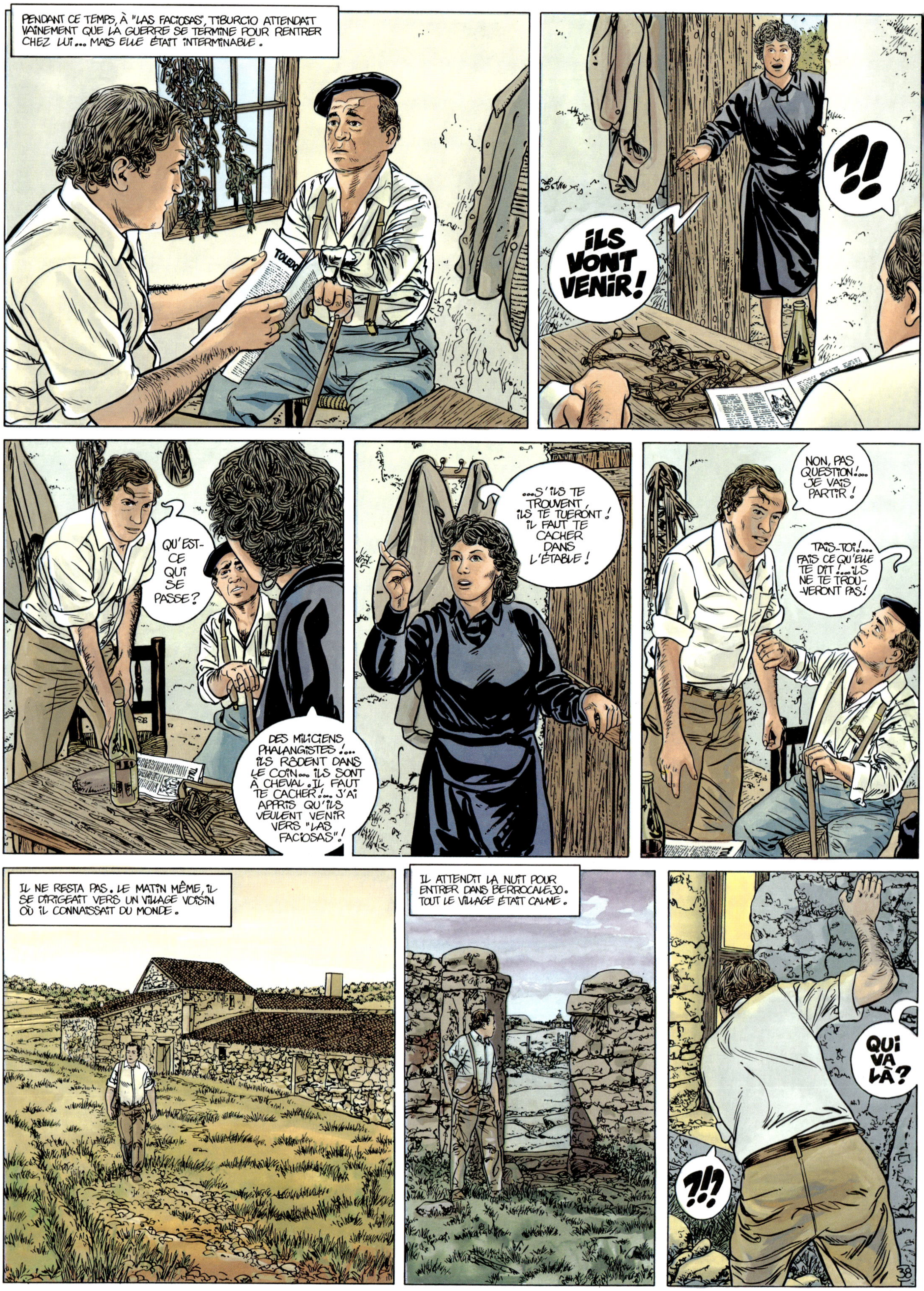
PENDANT CE TEMPS, À "LAS FACIOSAS", TIBURCIO ATTENDAIT VAINEMENT QUE LA GUERRE SE TERMINE POUR RENTRER CHEZ LUI... MAIS ELLE ÉTAIT INTERMINABLE.
¡ILS VONT VENIR!
?!!
QU'EST-CE QUI SE PASSE?
DES MILICIENS PHALANGISTES !... ILS RÔDENT DANS LE COIN... ILS SONT À CHEVAL. IL FAUT TE CACHER!... J'AI APPRIS QU'ILS VEULENT VENIR VERS "LAS FACIOSAS"!
...S'ILS TE TROUVENT, ILS TE TUERONT! IL FAUT TE CACHER DANS L'ÉTABLE!
NON, PAS QUESTION!... JE VAIS PARTIR!
TAIS-TOI!... FAIS CE QU'ELLE TE DIT!... ILS NE TE TROU-VERONT PAS!
IL NE RESTA PAS. LE MATIN MÊME, IL SE DIRIGEAIT VERS UN VILLAGE VOISIN OÙ IL CONNAISSAIT DU MONDE.
IL ATTENDIT LA NUIT POUR ENTRER DANS BERROCALEJO. TOUT LE VILLAGE ÉTAIT CALME.
QUI VA LÀ?
?!?

TIBURCIO!... MAIS QU'EST-CE QUE TU FAIS LÀ? JE T'AI PRIS POUR UN RÔDEUR!
J'AI FUI SOLEDAD QUAND LES TROUPES NATIONALISTES SONT ARRIVÉES! COMME JE NE VEUX PAS TROP M'ÉLOI-GNER DE MA FAMILLE, JE COMPTAIS ME CACHER PAR ICI, CHEZ MON COUSIN MARIO, PEUT-ÊTRE... JE NE SAIS PAS... JUSTEMENT, JE VENAIS T'EN PARLER AVANT!
HEUREUSEMENT QUE TU ES VENU ME VOIR AVANT D'ALLER CHEZ LUI!
QU'EST-CE QUE TU VEUX DIRE?
PEU APRÈS.
...ET IL A FAIT METTRE EN PRISON SA BELLE-SOEUR, QU'IL SOUPÇONNAIT D'ÊTRE "ROUGE"... "POUR LA PURIFIER" DIT-IL!... TU VOIS: IL A BEAU ÊTRE TON COUSIN, J'AI BIEN PEUR QU'IL NE TE PROTÈGE PAS BEAU-COUP... MÊME SI, COMME MAIRE, IL POUVAIT AVOIR SUFFISAMMENT D'IN-FLUENCE POUR QUE SES AMIS PHALANGISTES NE TE FASSENT RIEN!
LA GUERRE FAIT DÉCOUVRIR BEAUCOUP DE CHOSES CHEZ LES HOMMES!
TU PEUX RESTER CHEZ NOUS TANT QUE TU VEUX!... LES MILICES NE PASSENT PAS SOUVENT PAR ICI!
IL RESTA QUELQUES JOURS À BERROCALEJO, CHEZ SES AMIS.
J'AI TOUJOURS CRU QUE CETTE GUERRE AVAIT ÊTRE BEAUCOUP MOINS LONGUE, MAIS COMME JE VOIS QU'ELLE RISQUE DE DURER ENCORE LONGTEMPS, ALORS TANT QU'À RESTER CACHÉ ICI POUR SAUVER MA PEAU... JE PRÉFÈRE PASSER EN ZONE RÉPUBLI-CAINE!...
ET PUIS ICI, JE REPRÉSENTE UN DANGER POUR VOUS!

LES FEMMES PROFITAIENT TOUJOURS DES HEURES QU'ELLES PASSAIENT AU LAVOIR POUR FAIRE ET DÉFAIRE LES BONNES RÉPUTATIONS. MAIS LA GUERRE RESURGISSAIT INÉVITABLE-MENT DANS LEURS CONVERSATIONS.
LES FEMMES PROFITAIENT TOUJOURS DES HEURES QU'ELLES PASSAIENT AU LAVOIR POUR FAIRE ET DÉFAIRE LES BONNES RÉPUTATIONS. MAIS LA GUERRE RESURGISSAIT INÉVITA--BLEMENT DANS LEURS CONVERSATIONS.
ÇA FAIT LONGTEMPS QU'ON NE LA VOIT PLUS VENIR ICI, SARAH !...
C'EST PEUT-ÊTRE NOTRE PRÉSENCE QUI LA GÊNE, MAINTENANT QU'ELLE N'A PLUS SON COMITÉ, ELLE NE PEUT PLUS PARLER COMME AVANT !
TU CROIS QU'ELLE FAISAIT PARTIE DU COMITÉ ?... MOI, JE NE L'AI JAMAIS VUE S'Y RENDRE... ET PUIS JE NE LA VOIS PAS FAIRE DES DISCOURS !
TIENS !... BIEN SÛR QU'ELLE EN FAISAIT PARTIE !... REMARQUE JE N'AI PAS DIT QU'ELLE FAISAIT DES DISCOURS SINON, ELLE NE SERAIT PLUS LÀ !... MÊME AVEC LA PROTECTION QUE LUI PROCURE SA SOEUR MARIA !
OUI, ON PEUT DIRE QU'ELLE EN A DE LA CHANCE, LA SARAH, D'AVOIR UNE SOEUR QUI PLAISE AU SERGENT DE LA "GUARDIA-CIVIL" !
AH BON... PARCE QUE TU CROIS QU'ENTRE LE SERGENT ET MARIA ?
C'EST CERTAIN !... MAIS TU SAIS, C'EST PAS ÉTONNANT : MARIA, DÈS QU'ELLE VOIT UN HOMME QUI LUI PLAIT, ELLE ÉCARTE LES JAMBES ! ...ALORS, TU PENSES, UN BEAU GARÇON COMME LE SERGENT !
POUR ÇA, ON PEUT DIRE QUE SARAH, ELLE N'EST PAS COMME SA SOEUR... IL PARAIT QU'ELLE A PRIS LE DEUIL À CAUSE DE SON FIANCÉ MORT À TOLÈDE. VOUS SAVEZ, C'ÉTAIT UN DES FILS DE DON SANTIAGO LE SACRISTAIN !
...QUEL DÉSHONNEUR POUR LA FAMILLE, ÊTRE NATIONALISTES ET AVOIR UN FILS QUI MEURT DU CÔTÉ DES ROUGES !
LES DISCUSSIONS CONTINUAIENT JUSQU'À CE QUE LES DERNIÈRES FEMMES QUITTENT LE LAVOIR. ELLES RENTRAIENT AVANT LA TOMBÉE DU JOUR.

À BIENTÔT!
BON, D'ACCORD, CELUI-LÀ, ON SAIT !...
...ET TIBURCIO, LUI, QU'EST-CE QU'IL DEVIENT ?... NOUS NE SAVONS PAS OÙ IL SE TROUVE... ET QUI NOUS DIT QU'IL EST VRAIMENT PASSÉ EN ZONE RÉPUBLICAINE ?... MALIN COMME IL EST, IL N'EST PEUT-ÊTRE PAS LOIN D'ICI !...
OU PEUT-ÊTRE QU'IL EST MORT !...
IMBÉCILE, ON AURAIT TROUVÉ SON CADAVRE !... ON L'AURAIT SU !...
MOI, JE VOUDRAIS BIEN ÊTRE SÛR QU'IL N'EST PAS CACHÉ QUELQUE PART !...
METS UNE CROIX DEVANT SON NOM !...
C'EST À VÉRIFIER!
...QUI ENCORE?

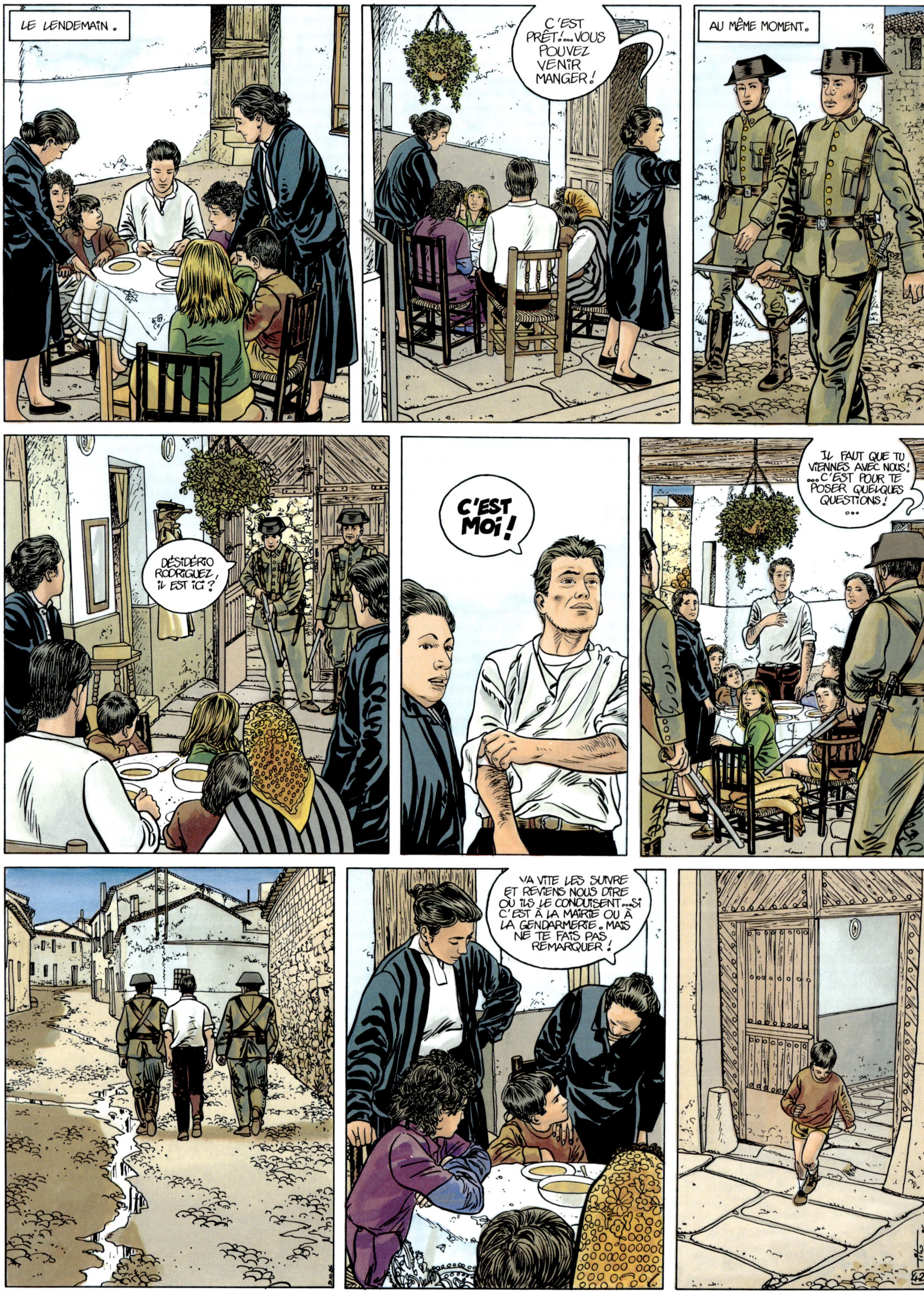
LE LENDEMAIN.
C'EST PRÊT!... VOUS POUVEZ VENIR MANGER!
AU MÊME MOMENT.
DÉSIDÉRIO RODRIGUEZ, IL EST ICI?
C'EST MOI!
IL FAUT QUE TU VIENNES AVEC NOUS! ...C'EST POUR TE POSER QUELQUES QUESTIONS! ...
VA VITE LES SUIVRE ET REVIENS NOUS DIRE OÙ ILS LE CONDUISENT...SI C'EST À LA MAIRIE OU À LA GENDARMERIE. MAIS NE TE FAIS PAS REMARQUER!

43

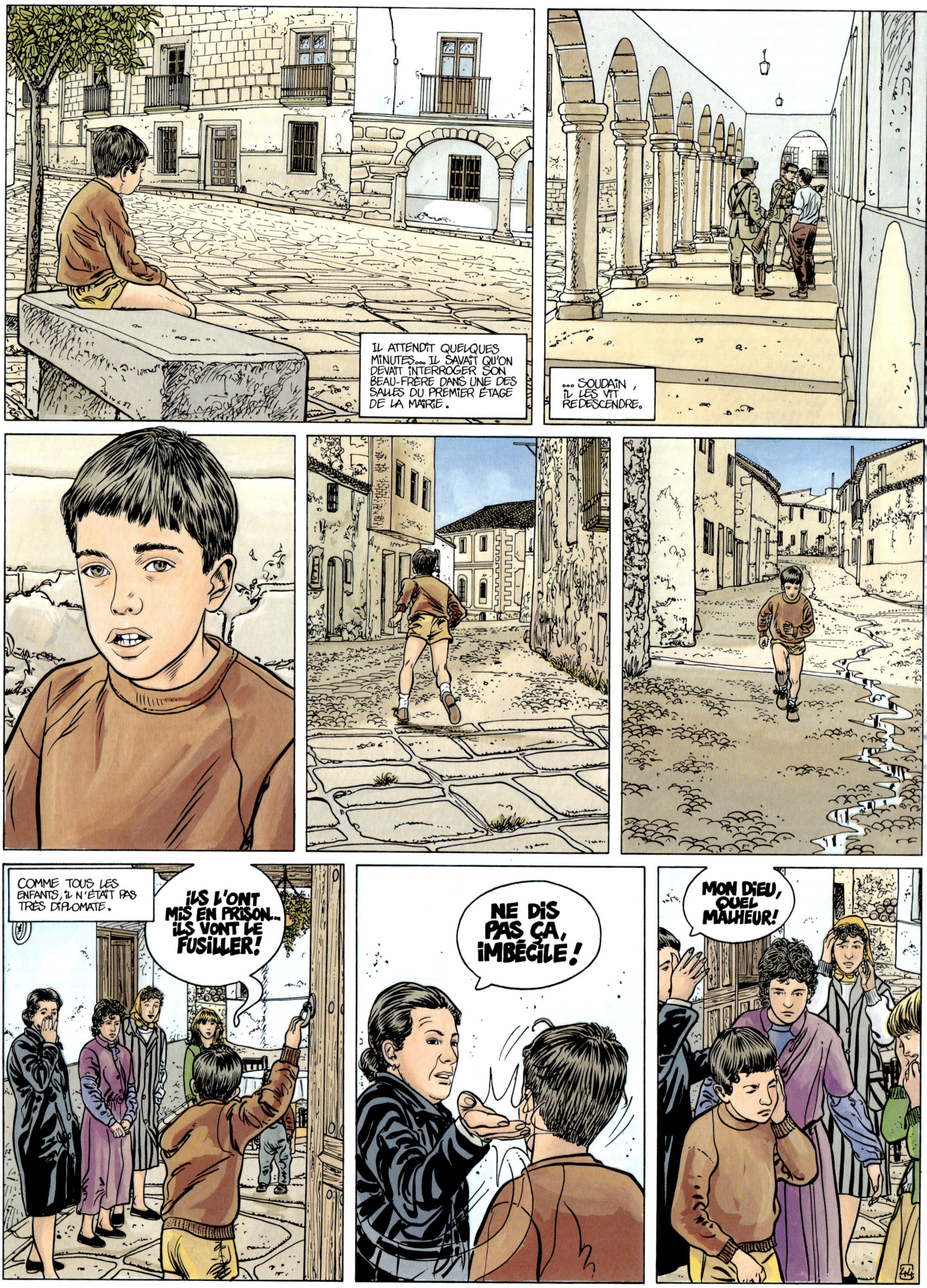
IL ATTENDIT QUELQUES MINUTES... IL SAVAIT QU'ON DEVAIT INTERROGER SON BEAU-FRÈRE DANS UNE DES SALLES DU PREMIER ÉTAGE DE LA MAIRIE.
... SOUDAIN, IL LES VIT REDESCENDRE.
COMME TOUS LES ENFANTS, IL N'ÉTAIT PAS TRÈS DIPLOMATE.
¡ILS L'ONT MIS EN PRISON.. ¡ILS VONT LE FUSILLER!
NE DIS PAS ÇA, ¡IMBÉCILE!
MON DIEU, QUEL MALHEUR!

MON DIEU !
QU'EST-CE QU'IL Y A ?... QU'EST-CE QUI S'EST PASSÉ ?
ILS L'ONT MIS EN PRISON !... ON NE LE REVERRA PLUS !
ÇA NE VEUT RIEN DIRE !... IL PEUT EN RESSORTIR !... MAIS ARRÊTEZ TOUTES DE PLEURER !
NE PLEUREZ PAS !... C'EST CE QU'ILS VEULENT TOUS, NOUS VOIR PLEURER !
LE SOIR MÊME, UNE OMBRE GLISSA DANS LA COUR DE LA MAISON.

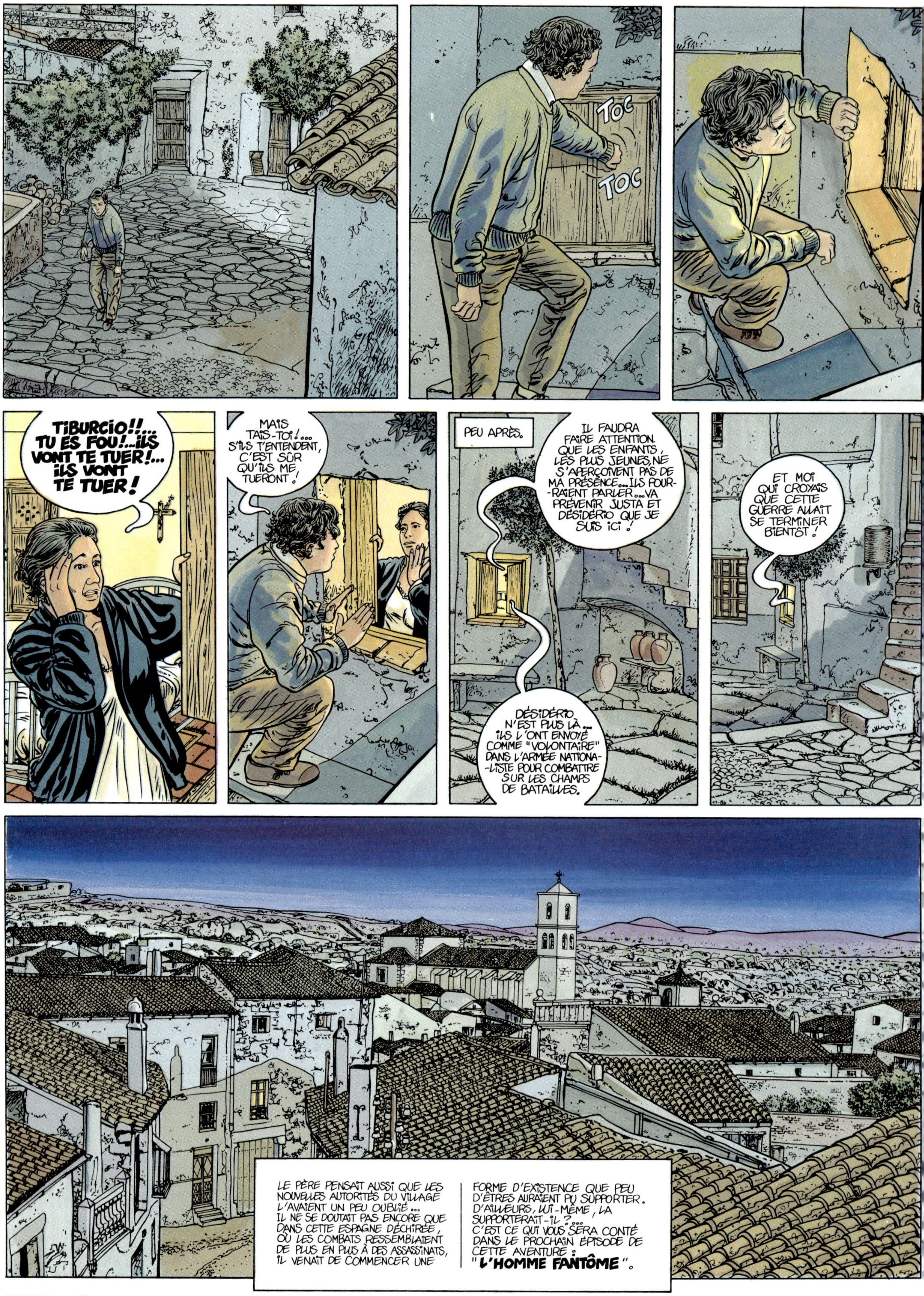

PRINTED IN BELGIUM BY proost INTERNATIONAL BOOK PRODUCTION